此情可待成追忆

「骈体大家 情诗圣人」——李商隐的诗与情

霜天水影 南溪 威灵仙◎著

古吴轩出版社

图书在版编目（CIP）数据

此情可待成追忆："骈体大家、情诗圣人"李商隐
的诗与情／霜天水影，南溪，威灵仙著 .—苏州：古吴
轩出版社，2010.9（2017.4 重印）

（生命中不可或缺的诗与情）

ISBN 978-7-80733-513-9

Ⅰ.①此⋯　Ⅱ.①霜⋯　②南⋯　③威⋯　Ⅲ.①李商隐
（812～约 858）－唐诗－文学欣赏　Ⅳ.①I207.22

中国版本图书馆 CIP 数据核字（2010）第 152159 号

策　　划：谢华伟　孙向雷
责任编辑：张　颖
装帧设计：上尚设计公司

书　　名：**此情可待成追忆**
　　　　　——"骈体大家、情诗圣人"李商隐的诗与情
著　　者：霜天水影　南溪　威灵仙
出版发行：古吴轩出版社
　　　　　地址：苏州市十梓街458号　　　　邮编：215006
　　　　　Http：//www.guwuxuancbs.com E-mail：gwxcbs@126.com
　　　　　电话：0512-65233679　　　　　传真：0512-65220750
经　　销：新华书店
印　　刷：北京凯达印务有限公司
开　　本：710×1000　1/16
印　　张：14
版　　次：2010年9月第1版
印　　次：2017年4月第2次印刷
书　　号：ISBN 978-7-80733-513-9
定　　价：32.80元

如发现印装质量问题，影响阅读，请与印刷厂联系调换。010-85386900

序言：世事无悲春梦婆

大约十四五岁的时候，读义山诗，每每为其丰赡的辞章、华美的吐属所吸引。懵懂而单纯的春夜里，一遍又一遍抄写"相见时难别亦难，东风无力百花残"，一遍又一遍默诵"春心莫共花争发，一寸相思一寸灰"，黯然神伤中，无数次为自己所感动。是的，是为自己所感动。简单的诗句，述说着千百年来共同的思绪。如月光，穿透阴翳与时光，映照了人间的每一条河流。

我是极爱义山的，但真正读懂，却是在多年之后。还记得2004年的冬夜，为了一门考试，我独自租住在吕梁山脚下的一处村落里。北方的冬夜极冷，还经常停电，房东自己烧的暖气到10点就停了。每次从外面归来，小房间都冷得像冰窖。这样的夜，难以入眠。大风从山谷呼啸而出，沿着汾河干枯的河道刮过，站在窗口，隐约能听见石头奔跑的声音。

无数个这样的冬夜，我点一支蜡烛，趴在那还剩最后一丝暖意的暖气片上，就着朦胧的烛光，一遍一遍，大声地读我那本已经很破旧的《楚辞》。我的声音很大，一开始是因为恐惧，形单影只，因为背后就是空旷荒凉的吕梁山脉。到后来，渐渐地就忘了一切，代之以无比的感动，声音越念越大，几乎沙哑。记得每次读《离骚》，每读至"既替余以蕙纕兮，又申之以揽茞。亦余心之所善兮，虽九死其犹未悔"，便止不住地欷歔。那是一份怎样的信仰与坚持啊，对美好的事物充满由衷的敬意，对世间的丑陋敢无情地抨击，对自然的热爱与对祖国的赤诚交融，自身的命运与国家的命运融为一体，这才是真正的诗！这才是真正的诗人！就着烛光，我想象着屈原笔下开满杜若的楚岸，坚贞不屈的美人，飘然远逝的身影……那些数千年前的场景一一浮现在眼前，香草与美人，便是诗人心中不朽的图腾。

李商隐的心中，是否也有着这些高贵的芳馨与坚贞的理想？我想，他定是有的，即便表达的意象不尽相同。翻开集子，那"芳心向春尽"的落花，那"本已高难饱"的鸣蝉，那"为湿最高花"的啼莺，包括那些《无题》诗中诗人终其一生念念不忘的美人，又何尝不代表着诗人的追求与信仰？

在风格上，李商隐的诗歌，特别是情诗，大多是朦胧而深情的，这和他敏感内敛的精神世界有关。甚至，他有一些政治感怀诗也写得缥缈而华艳，让人分不清是情诗还是政治诗，标举着他独特的艺术气质。比如他的名作《无题二首》其二："重帷深下莫愁堂，卧后清宵细细长。神女生涯原是梦，小姑居处本无郎。风波不信菱枝弱，月露谁教桂叶香。直道相思了无益，未妨惆怅是清狂。"表面上看起来确是情诗，但细读之下，却又是经历官场倾轧之后，无限沧桑的人生感慨。"神女生涯"原本无稽，而"小姑居处"自是无郎，这些最普通的道理，偏偏从一个历经沧桑的人口中说出。这其中的伤感，不禁让人沉重。人的一生，总是要一次又一次经历无情岁月的磨砺，在年华即将老去之时，才忽然悟得：原来这所有的一切，都是自己早年就懂得的。自己却彷徨又彷徨，直等到一切青春年华尽皆逝去，才再回到生活的原点，懂得那简单得不能再简单的道理；但是，这就是和政治相关的诗吗？也不一定。他所指的是哪一年哪一件事？却也没人能真正说得清道得明。

南朝的钟嵘在《诗品》中评价同样"厥旨渊放，归趣难求"的阮籍《咏怀》诗时有"言在耳目之内，情寄八荒之表"的话；而义山自己不也曾写过"楚雨含情皆有托"的句子吗？或许，我们唯有借这两句话来表达我们对义山诗的理解了吧。近思之，读为情诗无不可；远思之，读为政治感怀诗亦无不可。终是味之不尽，仰之弥高。

在这个悠闲的夏日里，得以借心爱的义山诗度过炎热的暑期，抛开收获不谈，至少也算是有所心契了。当少年的清梦逐渐消逝，而理想的光彩也随即褪去。但是，我们心中的诗情却并未老去，他应与万里的桐花，开啼的雏凤同在。当我们再一次踏上少时的旅途，他也将再次陪伴我们走过人间的春秋。微风的夏夜里，这些许的惆怅，是否还能带我们回到年少时的清梦？漫想之余，也作得一首律诗，权且作为这篇小序的结尾吧。

> 水漫杨堤绿漫柯，清影江南不复过。
> 暑布还欣逢客少，夏长但觉爱书多。
> 闲情已付侠客传，世事无悲春梦婆。
> 此夕相思忽惆怅，推窗一夜看星河。

目 录

此情可待成追忆

第一节　怅卧新春白袷衣 ／ 001

溪·童年 ／ 004

第二节　笑倚墙边梅树花 ／ 013

溪·北归 ／ 016

第三节　星沉海底当窗见 ／ 021

溪·少年 ／ 025

第四节　碧海青天夜夜心 ／ 035

溪·追忆 ／ 037

第五节　嵩云秦树久离居 ／ 047

溪·应考 ／ 049

第六节　一春梦雨常飘瓦 ／ 061

溪·恋情 ／ 065

第七节　流莺漂荡复参差 ／ 075

溪·甘露 ／ 078

第八节　不及卢家有莫愁 / 085

　　溪·折桂 / 088

第九节　密锁重关掩绿苔 / 097

　　溪·花烛 / 101

第十节　夕阳无限好 / 107

　　溪·党争 / 109

第十一节　未必圆时即有情 / 119

　　溪·背恩 / 121

第十二节　一生无复没阶趋 / 129

　　溪·活狱 / 132

第十三节　相见时难别亦难 / 141

　　溪·迁葬 / 143

第十四节　日暮归来雨满衣 / 151

　　溪·长安 / 154

第十五节　深知身在情长在 / 161

　　溪·抉择 / 163

第十六节　君问归期未有期 / 173

　　溪·相逢 / 177

第十七节　衮师我骄儿 / 183

　　溪·高楼 / 187

第十八节　羁泊欲穷年 / 191

　　溪·伤逝 / 194

后记：指穷于为薪，火传也 / 203

附录一：李商隐生平年谱 / 205

附录二：李商隐诗词选 / 209

第一节
怅卧新春白袷衣

春雨

怅卧新春白袷衣，白门寥落意多违。

红楼隔雨相望冷，珠箔飘灯独自归。

远路应悲春晼晚，残宵犹得梦依稀。

玉珰缄札何由达，万里云罗一雁飞。

春天的雨来得格外静，听在寂寞的人耳里有一种不能言说的惆怅与空虚。

　　这样的天气里，无事可做，又出不得门，便名正言顺地拥被高卧。白而软的春衣，随人转侧，仿佛那年春时的暖风，那人花影后的轻笑。

　　南朝民歌中有"暂出白门前，杨柳可藏乌。欢作沉水香，侬作博山炉"，可是，越是美好的时光，越是流逝得急而快，到最后一丝痕迹都不剩，像做了一场梦似的，教人疑心是不是真的来过。

　　白门寥落意多违。到底还是寻到了，只是这凄清寥落的门巷，哪还有当年良辰佳日风光旖旎的影子？那蒙蒙的雨色，更添一丝愁绪。

　　还记得最后一次见面的情形么，似乎也是这样一个雨夜。

　　远远地，看那小小红楼孤零零立在雨中。我曾撑一把青纸伞长久地伫立在树下，远处有稀稀落落的灯火，有人走过身边，奇怪地看上一眼，然后继续前行。渐渐地，远处的灯火也都散去，楼上一盏小灯倚在窗口，衬得夜色更加凄迷而冷清。

　　如今连一盏摇曳的灯也没有，只有我的影子。

　　夜色越来越浓，雨丝时不时吹到人身上来，肩膀沾了湿湿的水汽，远处的风不时吹起人的衣摆，一遍一遍，似乎永不疲倦……其室则迩，其人甚远。就这样的徘徊与惆怅，始终再不敢也不肯真的走上前去，似乎一旦靠近便会打破这一重梦境，于是就这样徘徊再徘徊，等待再等待，就连孤零零的红楼似乎都与自己有了同样的心境。

　　风露立中宵，那等待时的萧索与凄凉和伫立时的无望，似乎都揉进了遥望者的生命里，成了他身后悄悄的一线影子。就连这冰凉的雨丝，也都有了生命，成了他心事的目击者。最终还是要回去的吧！夜越发深而静，落满雨的青石小路幽深而漫长，瘦影孤零，身后是天地辽阔，没有边际。亘古绵长的洪荒中，只有这一盏灯与自己同在，小小一苗飘摇不定的光，映着雨丝隐入了密密的珠帘，随着人脚步的移动幽幽闪烁。

有时候，人在最难过的时候反而变得迟钝的，一点感觉都没有，只有身边的景物和意象，步步惊心，直印到记忆的最深处。在多年后，某个相似的光景，直戳到心上。

他是这样地怅然若失，想着那人的身影，那人的居处，那时的行踪……有多少人的生命中曾有过这样的雨夜？她走了，不知为什么，也许是去了远方，也许是另嫁他人。

唯一可以确定的是只剩下他一人靠伫望来追忆，来取暖。

他会想起什么？当年雨夜分酒的情形，还是那人不胜酒力醉倒人怀的娇痴。

他还记得她唱过的歌么？又或者他一直留恋着那人当年穿过的杏黄衫子？记得春夜风凉，那人穿一件薄衫抱膝思量意中人。

他会不会记得某个相似的场景，他在楼下伫望，楼上的人隔着窗台也看到了他，遥遥冲他笑一笑、摆摆手，又急急隐去，头上的水晶钗子在薄暮中闪过一线亮光。

也许他什么都记得又什么都忘了，多年来的漂泊，胸中早被长长短短的荆棘填满，剩下雨夜一灯如豆，伴着踉跄的脚步走回去。

"远路应悲春^晼晚，残宵犹得梦依稀。"可到底是不能忘却的，他想象着，怀着一丝微茫的希望与笃定，也许远方的那人也在为春之将暮，因为那夜色而怀想自己。而今蓬山远隔，问讯尚且不能，见面就更不用说。山川辽阔，越发无处安放一颗相思而寂寥的心。趁着夜色未明，还是赶紧回去吧，回去还来得及再睡一觉，也许睡着了会好一点吧，这仅剩的残宵尚能做个短梦。梦里或许会见得到那人的脸，不管怎样，总可以稍作慰藉，略遣悲怀。

　　残宵苦短，梦又不成。强烈的思念，促使他修下书札，佐以玉珰一双，欲托情怀，希望对方能收到自己的一片心意。可是路途漫漫，障碍重重，纵有信使，又如何传递呢？"玉珰缄札何由达，万里云罗一雁飞 。"且看窗外的天空，万里云彩如鱼网般密布，那传情寄书的大雁又如何能够抵达呢。一切都只是惘然罢了，倒令人更加沉湎于幻想。诗写到这里，回环往复，凄迷婉曲却又欲罢不能，连读者也忍不住跟着他惆怅寥落起来。

溪·童年

　　重读小椴的《杯雪·停云》，读到三娘初见易敛那一幕时，忍不住一叹。

　　　她不由望向楼下，门口的日影忽然一短，她一定睛，原来是有个人走了进来。

　　　那是一个抱琴的少年。

　　　三娘看着他，不知怎么就觉得心口一惊。那少年穿着一身旧衣，和常人没什么不同。只是没见有什么人一身旧衣在身时会像他那样让人看上去那么舒适，把一身旧衣穿出那样一种舒适，那样一种轻软。

　　　他抱着一把琴，步履从容，毫不出声地走到楼下左窗边的木地板上坐下了，把琴横在膝上。

　　　三娘刚才还想到"男人"这两个字，这时看到这个少年却不知该怎样评价，心里忽忽地想起了丈夫书房里她见到的静躺在书桌上的唐诗集中的一句：怅卧新春白袷衣。

然后才想到，现在的时令可不是春天呀……

小椴的文字是极好的，貌似是用柔笔，细细描摹着一幅水墨山水，但这轻柔与舒缓间却自有一份深艳而奇瑰的寄托。

书中，小椴写的是淮上易杯酒，却让我想起一个晚唐男子。

他生于唐宪宗元和八年（公元 813 年），卒于唐宣宗大中十二年（公元 858 年）。他自小漂泊，9 岁丧父，佣书贩舂。待年岁稍长，又陷身党争，仕途坎坷，浪迹天涯，暮景凄凉。

他便是李商隐，字义山，号玉溪生、樊南生。

在我的感觉中，少年李商隐便是小椴笔下易杯酒的模样：一身白衣，那种白是旧旧的白，是旧历九月，月光被砧衣女子揉碎洗褪后的白。是鸡鸣茅店外，板桥霜落一层之后，再落一层的白。他便于这旧旧的白中，携琴走来，衣衫微扬，步履极轻极轻，轻得让人觉得天地一静。但李商隐终归还是和易杯酒不同的，他更加飘零凄惶，更加沉郁伤感。

看过李商隐的一些画像，皆清雅文弱。

刘学锴和李翰所撰的《李商隐诗选评》中附有一张李商隐像，素笔白描，画像中李商隐头戴纱帽，衣衫背上绣有一朵绽放的三月桃花。肩向前倾，眉呈浅弧，眼角狭长，似乎在回眸一笑。画像并没什么不好，但一眼望去，却觉得李商隐不应这样，他应更清秀更挺拔，也更忧郁些，而不是这份弯腰回眸的浅薄。那笑意也不应这样丰腻，而是带些瘦意，是雪夜孤山的那种瘦意。

黄世中曾说，李商隐的诗歌，可用"隐秀"二字概括。不知为何，我觉得"隐秀"这二字，倒可以用来描述他的容颜。一份清冷的秀意，隐藏于幽林迷雾之后。

其实，我最中意的是：怅卧新春白袷衣。少年李商隐该是这样的：在春雨绵绵的清晨，他穿着白布袷，怅然而卧，心中充满期盼，却最终一无所获。

当然，李商隐曾在《为举人上翰林萧侍郎启》中说过自己：貌如王粲。

我认为这是谦辞，是笑语。

关于王粲的丑陋，史书有载：貌寝。意思是：相貌丑陋。玩笑的解释是看见他便觉得困倦，想去睡觉。容颜亦如行船时赏看沿岸风景。若风景单调，则不易提神。丑陋的容颜是会令人乏味的，那乏味是午夜时浓茶与咖啡亦挡不住拦不住的倦意。由此可见王粲相貌丑陋，观之乏味。王粲才华横溢，是"建安七子"之首，他到荆州拜见刘表时，刘表曾想将女儿下嫁，但见他相貌丑陋，于是改变主意。

人容易止步于表象，推开一扇门，便懒得去推开第二扇。容颜与举止是第一扇门，才华与品质是第二扇门。人生匆急，行之于世，步履难免仓促，与他人交往之时，容颜与举止看得顺眼了，或许才有兴趣由外及内，去感受他的才华与品质。

西晋时，潘安风流顽皮，喜欢挟带牛皮制作的弹弓，到洛阳城外游玩，妇人们见着，便牵手将他围起来，抛掷水果，这便是：掷果盈车。

同时代的左思与张载，亦名重一时，才华不弱潘安，甚至超越。但他们曾仿效潘安出门游玩，但因二人太丑，左思被孩童用碎石乱瓦投掷，张载被群妪乱唾。于是，只能郁郁而返。

想想便觉得有趣，以左思与张载的才华与见识，竟然亦会东施效颦。

李商隐除却正妻王氏之外，尚有柳枝、宋华阳姊妹等数段黯然情事。

其风流倜傥，想必是容貌丑陋、举止乏味之人难以企及的吧。

丑陋也好，俊美也罢，都无关宏旨。幸运的是他于水槛花期、菊亭雪夜吟就的那一首首或长或短的诗篇。汇集成册，然后穿越唐风宋雨，明雪清霜，与我们会面。

这不是我们的幸运么？

窗外，阳光明媚如许，且让我们在这样美好的春日里，摊开一卷《李商隐诗集》，去慢慢探寻一个男子传奇的一生吧。

或许是春日，或许是秋日，总之不是炙热的夏日和冰冷的冬日。

在有些凉意的清晨，淡淡日光穿过木格窗，零乱地洒在屋内，落到雕刻着远山秋树的屏风之上，落到笔墨纸砚陈列的案牍之上，也落到深深垂下的床帏之上。

木床上，一个极小的婴孩在熟睡，嘴角偶尔微弯，露出浅浅的笑容。他的笑容甜美而纯净，像被山溪冲洗千遍的白石。婴孩旁边，侧身躺着一个面容慈和的妇人。此时，门被推开，一个儒服男子轻步走入，他踩着阳光，来到床前，掀开床帏。随着他轻轻掀开帘幕，一缕温柔的日光自他方巾后穿过，落到婴孩的面容上，耀亮了一弯笑容。

妇人与男子静静站着，看着婴孩明丽的面容，他们相视而笑。

不知为何，提及李商隐的童年，我脑中便会浮现出这样一幅画面。或许是李商隐一生充满太多酸楚、太多兜转、太多误解、太多漂泊。我便希望他有一个亮丽的开端：尘埃静浮、日光轻柔，笑容甜美纯净。

唐宪宗元和八年（公元 813 年），李商隐出生在获嘉。

父亲李嗣担任获嘉县令，是庇护一方的父母官，因执政方正，颇受百姓爱戴。母亲亦仁慈可亲，对李商隐疼爱有加。

此外，尚有对他呵护忍让的两个姐姐。作为长子，他带给这个家庭许多欢乐。

父亲李嗣结束一天繁忙公务，便从前堂衙门返回后院。才入院门，他便听到妻子、儿女欢悦的声音。

幼年李商隐在咿呀学语时，吐出的每一个音节都博得母亲和姐姐的惊喜。

虽她们并不知道若干年后，他将吐出更为亮丽的诗章，润泽后人。他那一首首幽婉深情的《无题》，会被一代代人苦苦索解。

商隐在扶床试步，每一步都走得摇摇摆摆，便是从这摇摆的一步步开始，他将开始漂泊一生，开始将晚唐日趋没落的诗风引入一片绵远曲折的境界，一如黄昏中绚烂的晚霞。

但现在这一切俱与他无关。他只是在用心地咿呀学语，在扶床学步，用稚嫩的言行博取父母、姊姊的欢笑。但这欢笑并未持续多久。李商隐两岁时，父亲李嗣被罢获嘉县令。李嗣决定前往浙江去做幕僚。于是他们离开获嘉，前往江南。

其后的6年时光里，他们漂泊在江南的曲桥流水中。

两岁的李商隐未必会记住在获嘉温暖明亮的日子，但是他记住了这6年的漂泊。

在《祭裴氏姊文》中，他写道：浙水东西，半纪漂泊。

细细读去，可以觉察出他的语气是疲惫的，带着些许沧桑，像行远路的人，走得累了，最后倚靠在墙边发出一声喟叹。

翻看《中国国家地理》杂志，每每遇到有关绍兴和镇江的图画或文字，我的目光便会驻留。

看着浅蓝的天空下，那些凭河而立的黑瓦砖屋。

看着浅亮的河道上，那渐渐远去的狭小的乌篷船。

看着拱起的石桥在碧波里的倒影。

我在猜想，哪些地方曾留下过李商隐的足迹？虽然已历经千年，虽然风尘洗净了很多人与事，但是总该有一些痕迹留下吧。

年幼的商隐会从行船中，探头出来，盯着绿水碧波发呆么？他会伸手撩水戏耍么？他去过兰亭么？王羲之那 28 行，324 字的《兰亭集序》会带给他怎样的遐思？江浙一带，吴侬软语。他是不是也学会了说那样绵软兜转的方言？

合上书，我收拢散漫的思绪。

其实，尽管是在漂泊，尽管生活颇为艰辛，但年仅七八岁的李商隐在江南也应该有属于自己的快乐与哀愁，甚至小小的叛逆。

想起法国诗人阿尔蒂尔·兰波，以及他写的那首《童年》，摘抄如下：

……

树林里有一只鸟儿，它的歌声让你人停下并把你染红。

有一口没有鸣响的钟。

有一片沼泽地里一个白色野兽做的窝。

有一座下沉的教堂和一面上升的湖。

有一辆弃置在树林里的小车，或身披缎带正沿着小径飞奔而下。

有一队穿着戏服的矮小的喜剧演员，在穿过树林边界的路上被瞥见。

最后，当你又饥又渴，有一个人在身后驱赶。

……

我是穿过矮树林的大道上的过客，闸门的喧哗覆盖了我的脚步。

我良久地看着金色落日忧郁的溶汁。

我会是一个被抛在大海堤坝上的弃儿。

我将是一个沿着羊肠小径前行的小奴，额头触着天空。

幽径崎岖，绵绵山丘上，覆盖着郁郁的荆棘林。

空气凝滞。鸟儿飞得多远，泉水流得多长！

再向前进，大概只是世界的尽头。

……

林中的鸟、染红的歌声、沼泽地中白色野兽的窝。

沉默的钟、沉陷的教堂、湖泊、废弃的小车、喜剧演员、金色落日、大海堤坝的弃儿。额头触摸天空、凝滞的空气、世界的尽头。

阿尔蒂尔·兰波的童年，是充满探寻意味，充满幻想的。那些瑰丽而奇特的意象，很容易让我想起李商隐那些费解的无题诗。

阿尔蒂尔·兰波6岁时曾离家出走，并于此后多次不辞而别前往巴黎。他渴望漂泊，有着矛盾不安的灵魂。他14岁开始写诗，19岁便完成杰作《地狱一季》，但至此，他停止了诗歌创作，再未写过任何诗句。短短5年时间，他便完成作为一个伟大诗人的全部作品。围绕着他的诗歌和冒险生涯，渐渐形成"兰波神话"。

同样，作为诗人，我不相信幼年李商隐，在江南漂泊的那些日子里，没有那些探寻，那些矛盾和不安；没有"最后，当你又饥又渴，有一个人在身后驱赶"那样的酸楚与无奈。或者是"再向前进，大概只是世界的尽头"那样的绝望，以及绝望之后单薄的希冀。

　　不管如何，江南 6 年漂泊之后，李商隐的父亲李嗣去世了。

　　怀着悲痛，9 岁的李商隐扶柩北归，与母亲、姐姐、弟弟离开草长莺飞、杂树生花的江南，展开了一段新的人生历程。

第二节

笑倚墙边梅树花

昨日紫姑神去也，今朝青鸟使来赊。

未容言语还分散，少得团圆足怨嗟。

二八月轮蟾影破，十三弦柱雁行斜。

平明钟后更何事，笑倚墙边梅树花。

《昨日》这首诗写得真是俏，劈面便是一句"昨日紫姑神去也"。紫姑神是传说中的厕神，本是人家的妾，为大妇人所妒，于正月十五死去，民间常在元夕于厕所或是猪栏旁迎之，以问祸福。这里用来指心爱的女子，同时也暗暗点明时间，"昨日"即是正月十五。作者像一个沉浸在甜蜜爱情中的少年，眉梢眼角都是浓情与蜜意，忍不住要与全世界分享自己的喜悦。虽是分离却并不见悲伤，想着还有茫茫来日，爱情这样甜蜜，总会有天天在一起的日子。因此，即使是今天没有收到那约定的信，也并不怎么使人难过。

　　"未容言语还分散，少得团圆足怨嗟。"是回忆昨日相见时的情形，虽然匆匆一面，甚至没来得及细诉衷肠，可是这片刻的团圆也足以安慰因相思而起的轻怨与嗟叹了。然后是写眼前景致，一轮月影明晃晃地照在头顶，女子所用的银筝静静地放在眼前。接下来又荡开一笔，想象明朝见面之后对方笑倚梅花的娇态。

　　想起小时候，邻居家的姐姐正当青春年少，活泼又娇俏，正是最好的时候。春日黄昏时刻，她在新买的自行车的辐条上结了橘色的小蝴蝶花，第二天骑了这车子和别人一起春游。车轮转起来，小小的花随着转动，越转越快，花便连成一团红影，流丽而轻俏地往前行去。春风融暖，姑娘的裙摆微微扬起一角。

　　那一抹亮色，留在记忆里始终不肯离去。读到这首诗时，暗自一惊，这样轻巧活泼流丽的色彩，真像是小时候所见的情形。而诗中所未见的姑娘，大概也如邻居家姐姐那样青春娇俏吧，所以引得诗人满心欢喜，直欲偃仰啸歌，一身孤注掷温柔。

　　与这首诗相类似的还有一首《明日》：

此情可待成追忆

天上参旗过，人间烛焰销。

谁言整双履，便是隔三桥。

知处黄金锁，曾来碧绮寮。

凭栏明日意，池阔雨萧萧。

　　这首诗也是从昨日幽会后的短别来写起，两首诗在风格和构思上极为相像。所不同的是前一首是少年人恋爱，喜心翻倒，到处是遮掩不住的狂喜与风情。下一首倒像是相拥过了无数花朝与月夕的夫妻。对那人的一颦一笑与气息越生熟稔，羞涩与不确定的喜悦渐渐褪去，心里开始滋生出一种温厚与笃定的感情来。对对方的小脾气与小任性也多了一些宽容与把握，渐渐地占据了主动，境界也慢慢地开阔起来。前一首是无时无刻不想着对方的影子，后一首却是由辽阔的雨意来把相思慢慢晕开。两首诗合在一起读，可以看得到一段恋情的开始与推移，看得到其中的沉酣与静美。

　　说起来，男人与女人在恋爱中的表现真是大不相同。开始的时候，男人往往是比较孩子气的那一个，撒泼耍赖，时刻不离，一定要缠腻在女子周围，如任性的孩童，认准某一样事物，便寸步不离，非要拥在怀里才开心。而女性矜持又慢热，开始的时候往往板着一副面孔，又有诸多猜想与辗转纠结。被任性的男人缠得无奈，少不得要在对方额头戳一指，嗔笑一句：没正形。即使两好乍成，女人的感情也往往暗藏于心，再怎么欢喜，表面却也不露出来，被闺蜜追问得紧了，顶多露一丝娇媚的微笑，甩两个似是而非的眼风。乍看上去，倒比那喜心翻倒恨不得昭告天下的男人要稳重理智得多。

　　随着感情的推移，在对对方的思想、抱负、性情乃至身体都渐渐熟稳后，女人开始变得娇媚而任性，甚至带着些许的不讲理。这种不讲理的程度与她的确定感往往成正比，越是她心里认定这个人，越是要以小脾气与小手段来试他。此时的男人却开始变得淡定了，不需要再去对付竞争者和随时出现的对手，感情的稳定令他开始变得坚定而成熟，他的眼界也不再仅仅局限于对方，对女性的小任性也多了几分包容与宠溺。当然也有那忍耐不住的，双方各不相让，由此各自天涯。

然而一旦过了这个阶段，双方都确定了下来，生活又重新变得清平可爱，甚至还有小小的欢愉与惊喜。到了这样的时候，两个人是可以天长地久的。

溪·北归

天尚未亮，一行5人从镇江离开，马车上载着一具柳木灵柩。

江南柳色青青，风亦和煦。马车就穿行在那青碧色的垂柳道中，沿途田中耕作的农人，偶尔会抬头瞥一眼这辆马车。

或许还会有一两道目光在那具柳木灵柩上停留片刻。

人生的悲苦已多，他们已经麻木。目光也仅仅停留片刻便收回，他们继续低头劳作。有人在低低地唱：冬之夜，夏之日，百岁之后，归于其室。那是诗经中的《葛生》，会有人用这些流转千年的古旧诗句，去祭奠这个逝去的人么？

陶渊明写道：亲戚或余悲，他人亦已歌。死去何所道，托体同山阿。

是的，马车上的李商隐余哀未尽，他人早已唱起歌来。人死了有什么可说的，不过是寄托躯体于山陵，与山同化而已。

李商隐奉父丧，扶柩北归。

从镇江到郑州，有千里之遥，一路上，9岁的李商隐很沉默。看着母亲陡然增多的华发，看着姐姐们面容上依稀的泪痕，看着顽皮的弟弟突然变得乖巧懂事，他明白了很多。

他明白，作为长子，他要开始承担起一切。无论前路是风、是雨、是雪、是霜，他都必须以挺拔的姿态走下去。关于李商隐当时的心态。他在《祭裴氏姊文》中写道：躬奉板舆，以引丹旐。四海无可归之地，九族无可倚之亲。

无可归之地，无可倚之亲，他们就那样悲悲凉凉地行走在路上。

李商隐在旅途间隙，或许会回望江南，他开始惦记起那些莺啼、那些绿树、那些水村、那些酒廓。虽然江南已经远去，但有些东西却深深地印在他的脑海里。正如吴调公在《李商隐研究》中所说：

绍兴和镇江两地的旖旎风光，陶冶了童年时代的诗人的心，丰富了尔后咏史诗的意境，孕育了诗人"百宝流苏"的风格。

6年江南岁月虽以父亲去世而告终，但那如诗如画的江南风情却以另外一种方式延续在他的诗歌中。

你所经历的往事，你所扬起的风尘，其实最终都将以另外的方式落到你的淡眉苍发上。无论如何清洗、扫除，都无法抹去。那是由一段段时光积攒而成的，是你无法否定的过往。

李商隐终究还是裹着6年江南时光前行了。

经过数月颠簸，他们终于抵达郑州。将父亲安葬后，李商隐望着已经破落残旧的故居，望着面容陌生的族人，略微松了口气。

郑州，地属中州，有着不同于江南的风情，而这里将在李商隐身上雕刻出另外一种痕迹。

穿着粗麻制作的丧服，住在稍加修葺的旧屋中，李商隐开始了中断数月的学习。

他每日起得很早，洒扫庭院之后，便去溪边汲水。待水缸盛满，母亲亦从外边买米归来，生火做饭。吃完饭，李商隐便拉着弟弟羲叟出门。堂叔应该早已等得不耐烦了吧，从弟宣岳也诵读经书好一会儿了吧？

堂叔住在墓侧，远远地，李商隐便看见了那一株株高耸的松柏。藤萝沿着枝干慢慢垂下，遮掩住那间清寒的木屋。

再走近，李商隐看见倚在门侧的堂叔，苍发素衣。长长的藤萝垂到他的肩旁，林风轻过，青绿与苍白一起飘舞。

他在等着他们，待李商隐走近，堂叔微微笑道：义山和羲叟来了，外面风大，咱们进屋吧。今天我们学习《诗经》中的那首《东山》。

回到郑州，李商隐和弟弟羲叟以及从弟宣岳一起跟随堂叔学习。李商隐的这位堂叔名字已佚，难以考证。在《请卢尚书撰故处士姑臧李某志文状》中，李商隐写道：

商隐与仲弟羲叟、再从弟宣岳等，亲授经典，教为文章。生徒之中，叨称达者；引进之德，胡宁忘诸？

这位堂叔对李商隐影响深远，关于他的事迹，史料记载不多。根据《请卢尚书撰故处士姑臧李某志文状》，有几件事值得叙述一下：

堂叔18岁时，便通《五经》。入过太学，曾在长安一带做过小官。但父亲死后，他便在墓侧结庐而居，隐居不仕。

他虽然著书，但写出的文章，却不曾流传后世。

他擅长小学，精通石鼓篆。书法极好，无论楷书隶书都有其精妙之处。他不喜欢繁丽的骈文和近体诗，追崇简朴古拙的古文。

曾经有一次，为了给亡父祭祷，他写了一篇佛经，刻之于石，将石碑立于庄园的南边，前来摹写的人络绎不绝。

长庆年间，他路过徐州，徐州刺史王兴智想重用他，但他却回答说：跟随你并不难，但让我侍奉权贵却不容易。说完，他长长一揖，拂衣而退。王兴智看着他飘然而逝的衣影，沉默了好久。

李商隐的堂叔便是这样一个愤世嫉俗、狷介孤僻的人。他宛若一株自山石间生出的松柏，苍劲挺直，任风吹雨打，雪霜摧残，始终顽强地站立在青山之巅。

堂叔固守着内心崇高的准则，不以时光变幻，而有所改变。因此，他可以结庐墓侧，安居于清贫；可以面对权贵，从容淡定。

李商隐跟随他学习数年，从他那里继承的，除了古文、除了书法，究竟还有怎样独特的品质呢？

浅层来看，李商隐的性格，既不狷介，亦不孤僻，偶有愤懑抒发，却用繁缛的词句深深地掩盖着。为了谋取一官半职，他曾多次向令狐绹陈情。娶王茂元的女儿，多少也有追慕荣华的意味。

但另一面来看，李商隐是高尚的，他曾写下：高松出乔木。虽以骈文名重一时，但他说：那些清词丽句的章表并非平生所尊尚。

终究，他从堂叔身上，还是继承了一些东西。那时的李商隐恐怕是意识不到吧。这一切，还需要李商隐用他的一生去验证。

第三节

星沉海底当窗见

碧城三首

其一

碧城十二曲阑干，犀辟尘埃玉辟寒。

阆苑有书多附鹤，女床无树不栖鸾。

星沉海底当窗见，雨过河源隔座看。

若是晓珠明又定，一生长对水晶盘。

《碧城三首》是李商隐诗最难懂的诗篇之一，历来众说纷纭。有人认为是写"君门难进之词"，有人认为是怀人之作，有人认为是写唐朝时期公主入道出家后的恋爱事情，也有人因为第三首中"武皇"而认为是讽刺玄宗和杨贵妃，甚至还有人认为是李商隐含怨而作。实际上，我们大可以不必纠结于到底是写谁的事，因为很多时候，诗歌的美恰恰在于它的多义性，李商隐之诗的美也正在其可解与不可解之间。

　　唐朝时期，道教之风颇为兴盛，公主及贵族女子出家修道的事情屡见不鲜。开元二十年（公元 724 年）唐玄宗送其妹玉真公主到王屋山出家并拜司马承贞为师。武宗时，"崇道"之风再起波澜，许多公主、嫔妃及士绅女眷遁入道观修身养性，掀起一阵"女冠热"。和李商隐同时代先后自请或被送而为道士的公主就有文安、浔阳、平恩、邵阳、永嘉、永安、义昌、安康等。唐朝理念开放，社会风气宽松，而且道教不像佛教那样提倡禁欲，因此当时的很多女冠的社交活动比较开放自由。又因女冠中不乏容貌艳丽、丰姿绰约者，一时之间道观也成为士林攀龙附凤或追逐风月的上佳场所。在女冠与文人、道士之间，往往有许多感情纠葛与风流韵事。据传，高阳公主还和辩机和尚生了一个儿子。而写过"易求无价宝，难得有情郎"的才女鱼玄机，也是有名的女道士。

　　在河南玉阳山，有两座东西对峙的山峰，其上各有一座道观。东玉阳山叫灵都观，西玉阳山叫清都观。太和九年（公元 835 年）的春天，有一个年轻人来到了玉阳东峰学道。他虽衣着简朴，只一身洗到软而微微泛黄的白衣，却仍然掩不住青春的神采飞扬。此时的他，参加吏部进士试再次为主考不取，一时之间便起了入山学道的念头。

　　真正上山的时候已是夏初，山上春晚，尚且留着旧日的影子。踏过茸茸细草，有一两株小桃枝横斜在溪流上，虽是意趣疏懒，倒是这山中

蔷薇泣幽素，翠带花钱小。
娇郎痴若云，抱日西帘晓。

晓镜但愁云鬓改，夜吟应觉月光寒。
蓬山此去无多路，青鸟殷勤为探看。

的宁静与生机，令他换了一副衷肠。命运这东西真是奇怪，它很少一下子将人击沉，往往在连番的打击后给人一点小安慰，如深山里的月光，虽极暗处亦有清辉，但等人真的沉浸下去时，又往往将这最后一点光也夺走。

此时的李商隐尚且不知，自己一生中最风光旖旎最痛彻心扉的一个夏日和秋天正在眼前。

就是在这座山上，李商隐结识了宋华阳，那个侍奉公主入道修行的女冠。两人迅速坠入情网。这是一段缠绵而迅疾的爱情，如夏日午后的雨，不知所起，却已匆匆落下，让人无处可逃。片刻之后，雨住云收，从此换了人间。

因为重重牵绊，这段爱情最终夭亡在不知所踪里。短暂的欢娱，无望的情感，即使历尽半生的漂泊，李商隐的心中还是深深凿刻着当年的情事与重重思恋。不好言说的时候，心上人便化作了与之相关的女仙，在所有孤寂的时候想起。

全诗以第一首开头二字为题，与无题诗同类。"碧城"即是仙人住地。《太平御览》中曾经提到过："元始天尊居紫云之阁，碧霞为城。""十二"是形容城阙之多，并非实数。"碧城十二曲阑干"，碧霞为城，重叠辉映，曲阑围护，云气缭绕，以奇丽的笔法描写整个大环境。次句"犀辟尘埃玉辟寒"写具体环境。"犀"指的是却尘犀的角，古人认为犀的角可以祛尘，将其放在座上，室内微尘不入。而玉则是温润而有泽，可以散寒生温，故云"玉辟寒"。 这是由空旷奇丽的大环境转入了温暖而洁净的室内。"阆苑"，也是传说中仙人的居住之地，《集仙录》说西王母所居宫阙在"昆仑之圃，阆风之苑，有城千里，玉楼十二。"作者用在此处含蓄地指出传书者身份为女性，与上面的"碧城十二"暗自呼应。传说仙家以鹤传书，

023

白云传信。这里传的实际上是情书。"女床"是《山海经》中的山名，据说其上有五彩花纹的鸾鸟，鸾多用来指代男性，"女床无树不栖鸾"实际上亦暗含双关之意。 在他心中，爱人便如云上的仙子，住在传说中的宫阙。而他与她定情，来到这洁净而温暖的所在，真如云上的日子。

"星沉海底当窗见，雨过河源隔座看。"表面上是写仙女所见之景，实则暗写其由暮至朝的幽会。因为仙女住在天上，所以星沉雨过，当窗可见，隔座能看，如在眼前。这一句来得真是辽阔，仿佛人间世界都在眼底。

"若是晓珠明又定，一生长对水晶盘。"这就是作者在突发奇想了，天色已明，情人将去。晨露本是易消之物，太阳一出也就没了，诗人却希望它又明又定，永不消歇，这样一来便可与所爱永生相对。这样痴而渴慕的愿望倒很像南朝民歌中的女子"打杀长鸣鸡，弹去乌臼鸟。愿得连冥不复曙，一年都一晓。"一样天真而执拗。为了留住此刻的欢愉，愿时光永不逝去，明天永远不要来。单纯而热烈的盼望，永远带着一种孤注一掷的劲头。

事实上，太和九年（公元 835 年）的那个深秋，李商隐便不得不结束与宋华阳那段黯然销魂的爱情，悄悄下了玉阳山。这首诗，根据写作的风格和遣词用典来看，应是多年后追忆而作。

事情过去了，孤零零的人总是要继续在茫茫人海里走下去，身边的人都挂着一副同样的表情，有的人颜色重些，有的人颜色浅些。心中流血的伤口只有自己知道，也只能自己知道。即使是夜夜中宵恸哭，第二天还是要换上副笑脸，重新回到人间。抚一下胸口，那里有个焦黑的洞，空空荡荡，永无生机。

溪·少年

唐穆宗长庆三年（公元 823 年），3 年父丧结束，11 岁的李商隐在依旧没有在消平的哀伤中，除去麻衣。

他看着母亲，因日夜操劳已白发苍苍，背亦微驼。

他看着弟弟，肩膀依然稚嫩单薄，无法承担太多风雪。而父亲留下的微薄银两早已用尽。亲族友朋那里，亦多次支借。

作为长子，该站出来了。李商隐暗暗对自己说。

他挺挺胸，将长眉舒展开，嘴角微微上扬，让自己露出灿烂的笑容。生活的苦难，就让它来吧。无论是卑微低贱，还是贫穷困乏，我都将承担。

是年，李商隐全家迁往洛阳。在洛阳，他开始了长达数年替人抄书、春米为生的艰苦生活。正如他在《祭裴氏姊文》中所写：

> 生人穷困，闻见所无。及衣裳外除，旨甘是急。乃占数东甸，佣书贩春。

此处"及衣裳外除，旨甘是急"意思是：脱下孝服，要开始奉养母亲了。至于"乃占数东甸，佣书贩春"，意思是：在洛阳填报户籍后，开始佣书贩春。佣书就是替人抄写书籍。春，即春米。贩春，就是凭借体力，替人春米，赚取微薄酬劳。

隋唐一代，公私藏书，都非常兴盛。国家秘阁所藏，暂且不说，就是私人藏书，亦十分可观。根据有关史料记载，唐代著名的私人藏书家，如钟绍京、韦述、肖岵等，均藏书数万卷。

唐敬宗时，曾任检校左仆射的柳公绰，在他未显达之时，家境虽然清贫，但亦藏书千卷。一些方镇武将，也喜欢积聚图书，如成德军节度使田弘正，《旧唐书》称他：于府舍起书楼，聚书万余卷。

但那时印刷术并不流行，所以便有很多佣书者，替人抄写书籍。

唐高宗显庆年间，废止了秘书监的仇校和御书手，内库书籍发给书法较好者缮写，按字计酬。因而，写得一手漂亮毛笔字的人，凭借抄书，已经可以养家糊口了。

在洛阳，李商隐每日都过得非常充实。他经常换上白衣，到喜欢藏书的人府邸中取回书籍，开始伏案抄写。他那学自堂叔的楷书，刚劲峻拔，一笔一画方润整齐，至于隶书则蚕头雁尾、一波三折。

李商隐抄书多半在深夜。

那时的洛阳，夜很深很沉很寂很静。少年李商隐常常彻夜不眠。他借着微弱的油灯，一笔一笔地书写着。他舒展卷轴时，偶尔会发出窸窣声响，隔壁房间的母亲便被惊醒。

母亲催促李商隐休息，他轻声应着，手却不停，依旧一笔一笔工工整整地抄写着。终于，庭院中鸡鸣四起，一抹银灰透过木窗，落到李商隐誊写的纸张上。天明了。

而此时，李商隐会换上粗粗的布衣，去替人舂米。

他卷起袖管，紧握石槌，一下一下，努力地舂米，汗水模糊了双目。透过满脸的汗水，他依稀可以看到粗糙的谷壳破碎，若雪般洁白的米粒褪出，淡淡清香自石臼中溢出。他深深吸入一口气，提起石槌，继续深捣浅舂。

舂米之时，李商隐亦会随同那些粗壮的汉子，喊着舂米号子：邻有丧，舂不相；邻有丧，舂不相；邻有丧，舂不相……

那来自《礼记·檀弓》的古老歌谣，会让他想到什么呢？

这片土地上，历千年而不变的，究竟是什么？

耕种于泥土之上的农人承托起重重苦难，艰难地推移着历史前行。但他们没有籍籍声名，历史的荣耀由那些上位者收获，历史的沉痛却由这些细民承受。

舂米之余，李商隐会擦去汗水，抬头望着浅蓝的天空，质疑那自古流传至今的圣律，那些由当权者制定的生之规则。

他在《容州经略使元结文集后序》中写道：

> 次元之作，其绵远长大……不得尽其极也。而论者徒曰："次山不师孔氏，为非。"呜呼，孔氏于道德仁义之外有何物？百千万年，圣贤相随于涂中耳！次山之书曰："三皇用真而耻圣，五帝用圣而耻明，三王用明而耻察。"嗟嗟！此书可以无书。孔氏固圣矣！次山安在其必师之邪？

孔氏于道德仁义之外有何物？孔氏固圣矣！次山安在其必师之邪？

这或许是当时李商隐的思索之一。

他于佣书贩舂之余，思索的这些东西是充满着少年的叛逆的。正确也好，错误也罢，少年李商隐在生活的艰难与困顿中，慢慢提炼着属于自己的认知。

11 岁到 16 岁，李商隐辗转于抄书与舂米之间。

抄书、舂米之余，他不忘学习，废寝忘食地攻读着历代典籍。那于深夜一笔一笔抄写下的书籍亦融入他心中。李商隐慢慢长大，慢慢成熟。他那浑厚劲道的书法被洛阳藏书者渐渐认可，他那学自堂叔的朴拙的古文亦渐渐被认可。长达 6 年，迫于生计而佣书贩舂的困苦生活，终于结束了。

16 岁那年，李商隐挥笔写出了《才论》和《圣论》，震撼了整个洛阳城。对于此事，李商隐当时一直颇为得意。

直至唐宣宗大中元年（公元 847 年），35 岁的他在编定《樊南甲集》时，依旧对此事念念不忘，在《序言》里写道：

樊南生十六能著《才论》《圣论》，以古文出诸公间。

从他的文辞间，我似乎看到他面容上绽放的笑容，亮丽而自豪。

李商隐的《才论》和《圣论》已经遗失，我们难以窥探其中内容。但却是这两篇文章，将他引入生命的另一河道。

写出《才论》《圣论》不久，李商隐将遇到他生命中最重要的一个人。

唐文宗大和三年（公元 829 年）三月，当朝名臣令狐楚被派到东都洛阳。当时他的职衔是检校兵部尚书，实职担任东都留守，兼东畿汝都防御使。

《旧唐书》中有一则关于他的记载：

郑儋在镇暴卒，不及处分后事，军中喧哗，将有急变。中夜十数骑持刃迫楚至军门，诸将环之，令草遗表。楚在白刃之中，搁管即成，读示三军，无不感泣，军情乃安。自是声名益重。

白刃相加，而我自从容淡定。

森冷的剑戟、焦躁的眼神、粗暴的举止，那又如何？我依旧安然做着我所应当做的事情，写着我所应当写的遗表。坦坦荡荡，不惧生死。

另外，令狐楚才华横溢，善写四六骈文。史称：才思俊丽。德宗皇帝喜好其文章。令狐楚在太原幕府任职时，每有太原的奏章，德宗皇帝都能分辨出是否是令狐楚所写。

令狐楚便是这样一位既有胆略，又富文采的名臣。

洛阳三月。李商隐携带《才论》《圣论》等数篇古文，前往拜谒令狐楚。

在乍暖还寒、最难将息的春日，东郊的桃花秾丽；而窄窄的深巷中，粉色的夹竹桃用花瓣吟出一树的淡雅的诗章；青石街道边，粗壮的梧桐不动声色地沉默着。

便是在这样的时节里，李商隐和令狐楚相遇。彼时，令狐楚年长李商隐四十余岁。

在令狐楚的府邸，李商隐将文章献上，然后静立一旁。他看着眼前这位久已闻名的长者，华发苍颜，举止端肃，却又不失温和。

令狐楚坐在楠木交椅上，静静翻阅着李商隐的文章。

他时而深思，时而轻笑，已经多久未曾见到这样的文章了。透过那行云流水般的文字，他看到了少年腾跃而不安的雄心。而这腾跃与不安与年轻时的自己是何其相似。

令狐楚轻轻放下文章，看着眼前的少年说：商隐，你今后便住在我府中，与我家绪儿、绚儿一起学习，如何？

李商隐长长一揖，抬头说：好的。

在我想象中，他们便是这样云淡风轻地相遇。令狐楚从李商隐的《才论》和《圣论》中究竟读出了什么？无从猜测。但可以肯定的是，从这些篇什中，令狐楚读出了李商隐的雄心，读出了李商隐的文化底蕴。

或许，他并不能预知李商隐以后将会写出那样优美那样婉转那样隐晦的无题诗。但他读出了李商隐的一颗欲回天地之心。

或许，他想亲自看着这个少年成长。

　　此刻的李商隐，的确还是如细细的枝桠，但这枝桠终究会一步步伸展，伸展出葳蕤和繁盛，在历史上留下彩墨浓重的一笔，给千百代后人留下一片清清凉凉的精神栖居地。

　　11 月，令狐楚进封为检校右仆射、天平军节度、郓曹濮观察使，离开东都洛阳，前往河南道天平军赴任。

　　李商隐随同前往，自此开始了他几乎长达一生的幕僚生涯。

　　李商隐与令狐楚的相遇，让我想起了德国"狂飙突进运动"的两个代表人物：席勒和歌德。

　　1786 年，席勒前往魏玛，与歌德相识。那时，歌德 37 岁，席勒 27 岁。余秋雨先生在《谁能辨认》一文中，写道：

　　　　在他们交往期间，歌德努力想以自己的地位和名声帮助席勒，让他搬到魏玛来住，先借居在自己家，然后帮他买房，平日也不忘资助接济，甚至细微如送水果、木柴，而更重要的帮助是具体地支持席勒的一系列重要创作活动。反过来，席勒也以自己的巨大天才重新激活了歌德已经被政务缠疲了的创作热情，使他完成了《浮士德》第一部。

　　与歌德对待席勒一样，令狐楚对李商隐亦照顾有加。他传授李商隐骈文奏章的写作技巧，资助他的家庭生活，鼓励他与自己的子弟交游。遇到文人游宴，令狐楚总是带李商隐参加，并在集会上对李商隐写的诗篇多加赞许。

　　根据刘学锴的考证，就是在这些游宴唱酬文人集会上，李商隐见到了白居易、刘禹锡这些当时成名已久的大诗人。这些交游对李商隐影响深远。他在《上令狐相公状一》中写道：

> 每水槛花朝，菊亭雪夜，篇什率征于继和，杯觞曲赐其尽欢。
> 委曲款言，绸缪顾遇。

通过这些美的文字，可以推知当时游宴之盛、唱和之多以及令狐楚对李商隐的看重。

当李商隐前往京城应试，令狐楚资助他旅费与衣装，并时常嘘寒问暖，李商隐衣服不周时，他亦殷勤照顾，使他免于挨冻。

他呵护着李商隐这位晚唐诗人，亦为晚唐呵护出一段绵绵绚丽的诗境。为文学史呵护出自李杜之后，再掀高潮的篇章。

在令狐楚的传授之下，李商隐的骈体奏章写作进步迅速。他获得极大信心，希望可以借此展开他辉煌的仕途，出入庙堂，为国为民分忧。

在写于唐文宗大和四年（公元830年）的《谢书》一诗中，李商隐表达了对令狐楚的感激之情。他写道：

> 微意何曾有一毫，空携笔砚奉龙韬。
> 自蒙夜半传衣后，不羡王祥得佩刀。

李商隐说自己只不过是一介文弱书生，身无长物，唯有一支笔一方砚，却受到了令狐楚的厚遇。这宛若师生的恩情，并非一首单薄的诗所能表达的。李商隐将令狐楚传授自己四六骈文写作技巧，比喻为达摩祖师半夜以衣钵和禅宗妙法传授弟子慧可。他认为晋代王祥因得佩刀而终至封相，亦不及令狐楚对他的提携之恩。

关于令狐楚对李商隐的知遇之恩，其实是存在争议的。

有人认为，令狐楚成就了李商隐，但亦害了李商隐，若非令狐楚提携李商隐进入幕僚一行，或许李商隐的诗文会赶超李杜，另辟高峰。

因为幕僚一职是官府的喉舌，平时所写的文章多是歌功颂德、邦交檄文、上书奏表。另外，他跟随令狐楚学习骈文。而骈文是力求华丽、博大的，往往一篇文章便要引用无数典故。李商隐的诗文喜欢用典，不能不说来自于此。

李商隐的诗文，被后人称之为：獭祭鱼。

獭祭鱼便是獭祭。这是古人说法。在《礼记·月令》中有：东风解冻，蛰虫始振，鱼上冰，獭祭鱼。獭喜欢吃鱼，有将捕捉到的鱼一一陈列到岸边的习惯。古人眼里，便如同陈列祭祀的供品。所以有了獭祭鱼或獭祭的说法。宋代吴炯在《五总志》中记载了这件趣事：

> 唐李商隐为文，多检阅书史，鳞次堆积左右，时谓为獭祭鱼。

将那些古旧的典籍密密麻麻堆满左右，以方便查阅。想想这一情景便觉得有趣。这些书籍堆积起李商隐的晦涩，但也堆积起他的优美。

著名学者叶嘉莹认为，若非令狐楚传授李商隐四六骈文，或许李商隐在古文一路上，将会走得更远。

李商隐以骈文名世，我们便推测他在古文写作上或许更有才华。而假若李商隐一直写古文，或许我们又会为未曾读到他那华丽铺陈的骈文而惋惜。人的才华和精力毕竟是有限的，不可能面面俱到。

不管如何，是令狐楚将这个在洛阳佣书贩舂的贫苦少年，带入到另外一个世界。

　　其实，人的一生，或长或短，都有那么几个节点。当初并不能觉察，事后回顾，才发现原来人生便是在那里开始转折。而令狐楚便是李商隐人生中的一个节点。若干年后，当李商隐陷身牛李党争，开始断梗飘蓬的薄宦生涯。他也许才会明白，令狐楚对他意味着什么？

第四节

碧海青天夜夜心

嫦娥

云母屏风烛影深，长河渐落晓星沉。

嫦娥应悔偷灵药，碧海青天夜夜心。

自幼听熟的一个故事，便是嫦娥奔月。

　　北方农村的夏日，一入夜，便有人拿着蒲扇，拎着板凳，陆陆续续到村口的麦场上纳凉。王家奶奶，李家叔叔……大家远远地便互相亲切地打招呼。夜风是清凉的，大人们闲聊着地里的庄稼，谁家地里麦穗大，谁家垣上南瓜结得好。

　　说一阵，笑一阵，家长里短，便消融在夜风中。彼时，月朗星稀，大人闲聊，而孩子们则在月影里追逐嬉戏，围着麦垛绕啊绕，跑累了，就聚拢到王家奶奶身边听故事。

　　故事，无非就是那些在民间流传已久的陈旧故事。

　　其中一个便是嫦娥奔月。美貌女子嫦娥背叛了丈夫后羿，独自吞服西王母赐予的灵药，飞升到月宫中，永享长生。听完故事，孩子们多半还要比对着月亮，遥遥地查看：哪片是桂树，哪个是嫦娥。其实，那些光斑是看不清楚的。但已知道，明洁的月光里是藏着一个背恩的女子的。

　　后来，又听到后羿射日的故事，心中便藏下一个疑问：为何可以射下太阳的后羿，不去将月亮射下，报复那个背恩的女子呢？

　　兜兜转转地想着，到了情窦初开的年龄，忽然明白：或许，后羿还是爱着嫦娥的吧。想到这里，其实是有些难以释怀的。初涉爱河的少年，是刚直的，因刚直而恩怨分明。她既然背弃了他，他为何还要爱她？

　　再后来，又读到李商隐这首《嫦娥》：云母屏风烛影深，长河渐落晓星沉。嫦娥应悔偷灵药，碧海青天夜夜心。

　　男子静静坐在云母屏风之后，看着烛影深暗，看着繁星沉寂，于这无人的孤寂中，他忽然想，月宫中的仙子嫦娥是否与他一样，也静坐这孤寂之中。她是否便生出些许悔意来？偷服灵药，永得长生。可永生若是这样的凄清，这样的孤寂，又有何趣味可言。

读着《嫦娥》，我竟然有丝丝的凉意。那一刻，我忘记了嫦娥的背恩，只是体味着她的孤寂，以及这孤寂中生出的悔意。

彼时，再抬头望月，心中便多了一份柔情。

那样艳丽的女子，原来也不过是独守月华，反复咀嚼着孤寂，任凄清消磨着容颜。后羿之所以不肯射月，或许便是料想到嫦娥的这份孤寂了吧。既然你要抛却柔情，去换取那份孤寂，那么便任由你吧。

于是，月宫成了嫦娥的囚笼，生生世世，忍受着孤寂的折磨。

想想，很多事是可以习惯的，寂寞就寂寞吧，时日长了，便也可以将这寂寞慢慢地调理出几分滋味来。一双广袖，亦可以在霜花中舞得绚烂。几声琴音，也可以在秋桂中弹得自若。用广袖和琴音，嫦娥自可以在这清寒孤寂中，过得熨帖。

溪·追忆

唐文宗大和三年（公元 829 年），李商隐 17 岁，在令狐楚幕府中担任巡官。

17 岁的李商隐在做什么，在想什么呢？

17 岁时，我正读高中，上课时偷偷翻看《花季雨季》，哼着张信哲的歌，逃课去打台球，暗恋隔壁班一个笑靥如花的女孩。

常常坐在教室的小角落里，透过干净的窗户，看着浅蓝天空，看着白色云朵从窗格子里慢慢浮过，呆呆地想着心事。而彼时，窗外那一丛丁香树上紫色花朵若星盛放。

记得那时，日光是明媚而温和的，浅浅光斑中，年华静驻。

做题之余，会抬头透过木窗看着那个在丁香树下读书的女孩。长发披肩，棉布白裙轻轻起伏，宛若波边白莲。声音悠悠传来，清澈而明净，有水一样的质地。那便是我的17岁，浸泡着的17岁。正如朋友在信中所说：那时，繁花流年。

　　而李商隐的17岁呢？

　　他住在令狐楚的府邸中，读书习字之余，游宴酬唱之余，他在做什么？在想什么呢？他是否也在邂逅一场爱情？

　　是一场曲折兜转的暗恋？还是一次美丽忧伤的邂逅？

　　闻听鸡鸣，李商隐便起床了。天微白，他沿着杂草丛生的曲径，走向庭院中的凉亭。布鞋被露水沾湿，他亦浑然不觉。待走至凉亭，他翻开《诗经》，开始诵读。读到《东门之池》一首时，李商隐便微微一怔。

　　　　东门之池，可以沤麻。彼美淑姬，可以晤歌。

　　　　东门之池，可以沤纻。彼美淑姬，可以晤语。

　　　　东门之池，可以沤菅。彼美淑姬，可以晤言。

　　忽然，他听到铮铮琴声。

　　站在高处，他可以看见弹琴的女子。草地上，女子双手在琴弦上起落若鸟。淡阳照射之下，仅露侧脸，但面容恬静美丽，像被清水浣过。李商隐只是静静地站在那里看着女子抚琴。女子轻轻吟着：

　　　　彼泽之陂，有蒲与荷。有美一人，伤如之何？寤寐无为，涕泗滂沱。

　　　　彼泽之陂，有蒲与莲。有美一人，硕大且卷。寤寐无为，中心悄悄。

　　彼泽之陂，有蒲菡萏。有美一人，硕大且俨。寤寐无为，
辗转伏枕。

女子吟毕，双手一拢，止住琴弦，刚要俯身抱琴，却听到几片疏疏掌声。她转身便看见站在墙外的少年。他是那样温文尔雅，宛若方才所吟《诗经》中走出的男子。女子忍不住脸一红。她不言语，俯身抱琴，缓步离去。那步子很慢，似乎在犹豫，但终于还是渐渐走远。李商隐站在那里，惆怅良久，黯然而归。

再后来，李商隐知道了女子的名字：锦瑟。她是令狐楚之妾。

再后来，李商隐似乎忘记了，他是否在春末夏初的时节，遇到那样一个弹琴的女子？一如千年前的庄周，梦中随蝶轻舞，待醒来，却已难辨真假。

其实，这是一个虚构的故事，无头无尾。是我读到李商隐的《锦瑟》时，自心底燃起的一幕场景。我始终觉得，17 岁的李商隐该有这样一场美丽忧伤的邂逅。

读李商隐初期的诗，可以读出激扬，亦可以读出清丽。

清丽，那是涉世未深的少年，所渴望的美好吧。经历过人世种种失望之后，少年渴望的美好终于失落到尘埃之中，而少年亦步入沉静、步入隐晦、步入迷离。究竟是从何时起，开始丢失那份最美好的渴望的呢？

其实，关于李商隐最初的爱恋，有过多种猜测。

北宋刘攽《中山诗话》中说：李商隐有《锦瑟》诗，人莫晓其意，或谓是令狐楚家青衣名也。而《唐诗纪事》则说锦瑟是令狐楚的妾。

《锦瑟》则写出了李商隐对那美丽的锦瑟一场无始无终的爱恋。更多

的学者则认为这只是臆说，毫无凭据。

臆说也好，猜测也罢。少年李商隐总该在心底怀揣着一份对爱情对未来的猜想吧，美好而不真实。猜想过后，他渐渐发觉这一切不过是镜花水月。

当时觉得似乎可以依持，但终究还是归于惘然。人生本是一场声势浩大的虚无。

曾经看过一部古装越剧《李商隐》。剧中说，李商隐自幼师从令狐楚，与令狐楚之女菡玉情同手足。我翻阅历史资料，并未见到这一记述，于是明白，这是编剧对李商隐的涂抹。

而面对那已经飘逝难以追查的历史，谁又不是在涂抹？

曾在《新民周刊》上看到谢泳的一篇文章。文中说：

> 很多人写文章一上来就是胡适说过：历史是个任人打扮的小姑娘。但其实胡适并未说过此话。胡适的原话是：实在是我们自己改造过的实在。这个实在里面含有无数人造的分子。实在是一个很服从的女孩子，她百依百顺地由我们替她涂抹起来，装扮起来。好比一块大理石到了我们手里，由我们雕成什么像。这句话只是胡适在介绍詹姆士的实在论哲学思想。

胡适逻辑严密的一句话竟可以被推演成这样，想想，便觉得有趣。

其实再繁琐的考证再严密的逻辑，终究也无法还原一个真实的李商隐。我们只不过在涂抹装扮着我们心目中的那个李商隐。

若令狐楚真的有一个名为菡玉的女儿与李商隐青梅竹马，那亦是好的。再或者锦瑟是令狐楚之妾，她曾经与李商隐有过那样惊鸿一瞥的美丽柔情，这也很好。

千古之下，我们用美好的猜测，去温暖去耀亮那样一个曾经很潦倒很寂寞的人，难道不好么？

不管17岁的李商隐有没有邂逅一场曲折兜转的暗恋，或者一次美丽忧伤的邂逅。他的青春终究要无可挽回地逝去了。

莎士比亚说：青春就像是一场美梦，当你醒来的时候，它早已消失无踪。

"此情可待成追忆，只是当时已惘然。"当李商隐从庄周的蝶梦中醒来后，终于发现某些东西就那样离他而去，永不归来。

若干年后，仕途坎坷的李商隐在重阳节前去拜访令狐楚的儿子令狐绹。

彼时，令狐楚已去世多年。恰逢令狐绹不在。在此之前，李商隐已多次向身居高位的令狐绹陈诉旧情，希望得到提携，但令狐绹都不置可否，冷冷对待。

李商隐感慨之余，就在令狐绹家厅壁之上，题诗一首。诗名《九日》，全篇如下：

> 曾共山翁把酒时，霜天白菊绕阶墀。
> 十年泉下无消息，九日樽前有所思。
> 不学汉臣栽苜蓿，空教楚客咏江蓠。
> 郎君官贵施行马，东阁无因再得窥。

诗中，李商隐回忆了与令狐楚在盛秋把酒吟诗的那一幕。

若霜白菊，沿着青石台阶漫漫铺展，一直牵蔓到竹篱。杯酒、杯诗，杯诗、杯酒。那时人生是何其欢畅何其惬意。现在回想起来，不禁感慨万千。

令狐楚已逝世多年，一去茫茫，永不再见。

在九月九日重阳佳节，我对酒沉思，心绪哀戚。你已不愿像当年汉臣一般，栽植苜蓿，饲养良马，空让楚客望江蓠而兴叹。

你位高权重，出入随从众多，我已不能像往日那般再与你轻易相见。

末尾两句，李商隐婉转地讥讽令狐绹忘记旧日友情。你虽位居高位，却未能继承父亲令狐楚的遗风，重视人才，反而令寒士满腹怨言。而即便是你，我亦不能轻易相见了。

令狐绹归来后见到此诗，惭愧之余惆怅丛生，于是令人将这间厅堂锁起来，终其一生不再打开。再后来，又有人说，这首诗。使令狐绹恼羞成怒。他想铲除题诗的墙壁，但由于这首诗中有他父亲的名字：楚。按照当时习俗，他便不能毁坏诗作，于是只好锁门不看，以求清心。但从此更加嫉恨李商隐。

这是五代孙光宪在《北梦琐言》中记载的一件旧事。关于李商隐和令狐绹，实在是很纠结的一个话题。

且不说他们日后是怎样心存芥蒂。或者如《旧唐书》中所言：

时令狐楚已辛，子绹为员外郎，以商隐背恩，尤恶其无行。

令狐绹认定李商隐背叛令狐楚，厌恶其无品行无操守；或者如《新唐书》中所言：

亚亦德裕所善，绹以为忘家恩，放利偷合，谢不通。

放利偷合，那亦是从根本上否定了李商隐的品质。你背负家恩，你逐利而行。

在令狐绹心目中，已将李商隐远远地放逐。你且远去吧，我已不愿再与你相见。其实，不管日后二人如何相恶。我所想的是：在这些恩怨纠缠之前，令狐绹与李商隐是否曾经相知？

刘学锴在《李商隐传论》中写道：

> 早在大和三年李商隐初谒令狐楚于洛阳，"楚奇其文，令与子弟游"开始，李商隐就与楚子令狐绪、令狐绹等一起读书同游，结下了相当亲密的友谊。令狐绪少患风痹之疾，行动不便，商隐与令狐绹之间的交往自然更密切一些。

接着，刘学锴从《令狐八拾遗绹见招送裴十四归华州》《和友人戏赠二首》及《题二首后重又戏赠任秀才》等诗中推断：这时，商隐和令狐绹之间，是可以无话不谈的昵交。

在1180年这段令人眩晕的时间之前，实情是这样么？

李商隐17岁时入令狐楚幕府，而那时令狐绹已经35岁。当令狐绹见到父亲极力夸赞的李商隐时，究竟会是怎样的一种感触？

35岁，是已经初涉尘世繁杂、心茧渐生，再不肯轻易交心的年龄。

令狐楚可以凭借《才论》《圣论》读出李商隐的文化底蕴，读出这位少年的凌云之志，而令狐绹可以？

当父亲将李商隐的文章放到他面前，说，写出这些篇章的少年是不世之才。阅览完毕，令狐绹会不会抬头疑惑地看着父亲。那些文字在他眼中，仅仅只是少年不切实际的狂想，虽有着嘹唳高昂的言辞，但终究是存于虚妄之中的自语。

当父亲将李商隐带到他面前，反复叮嘱，要与其一起读书同游，妥善照顾。他会不会看着眼前乌发素衣，眉眼青涩的少年，心中浮出一份不耐？

我在想，出身士族的男子与佣书贩春的少年，他们之间交往的情感基础是什么呢？

人与人之间，由相识到相熟，由相熟再到相知，总该有些底色。

或许这底色是一曲琴音。虽不相识，却可以由琴知心由音知人。是寂寞的伯牙在荒山僻野中抚琴一曲后，遥遥地听见那位樵夫说：巍巍乎志在高山……

或许这底色是一封书信。是汪伦为邀请李白到其家一游，用十里桃花、万家酒廊的虚言所编织的美丽书信。是李白乘舟离开之时，岸边那炽热的踏歌之声……

令狐绹与李商隐相交相知的底色是什么呢？

千年之后，我遥遥地猜测着。也许在笔墨纸砚之间，水槛花期之里，游宴集会之中，令狐绹与李商隐曾倾心相交。他深深敬佩着这个少年的才华，喜欢他那明亮自信的言语，喜欢他可以将白衣穿得这样得体，喜欢他在纸笺上信手涂抹的骈句。

只需要一点，一点即可，便可以让令狐绹与李商隐由相熟进而相知。我在寻觅这一点，而令狐绹与李商隐亦是在寻觅着这一点吧？

其实，李商隐是将令狐绹引为知己的。他在《别令狐拾遗书》中写道：

自昔非有故旧援拔，卒然于稠人中相望，见其表得所以类

君子者，一日相从，百年见肺肝。

读到这一句时，我忍不住心中一痛。真正的朋友就应该是这样的吧。于那繁密的人群中，卒然相望之后，便引为一生知己。一如小椴在《杯雪·传杯》中所写：

> 他在心里想起一个人——有一种人你于稠人广众中一别眉间就会不由将之遥思悬想。但只有这样的夜，这样的郊外，你单影长衫，处身于碎星乱野之间，才会细致地感觉到他的眉眼。

他期待着，一日相从，百年见肝胆。他希望可以于稠人广众中一别眉间就会遥思悬想，然后细细地感觉着他的眉眼。但令狐绹是承负不起李商隐这样遥思悬想的。

其实，令狐绹亦是一个单纯温厚的人。他虽官至宰相，但性情依旧不够刚直，因此史书中对他的评价便有"性懦"一词。他因单纯而狭隘，因狭隘而不能看清楚李商隐的抱负，因狭隘而不能容忍李商隐的背恩。

终究，他和他还是不能够做知己的。

他们虽日日相处，同学同游，但还是不能倾心一交。我想，人与人倾心相交，是需要平台的。一如那个歌于郢都闹市的人，他即便将《阳春白雪》吟唱千年，能与他相和的也不过数人而已。李商隐是唱着《阳春白雪》的那个人，但令狐绹却不是那个能够以歌相和的人。因此，他们仅能相熟，却不能相知。

但，稠人广众中，能与李商隐同唱一曲《阳春白雪》并以歌相和的究竟是谁呢？

多年后的一个秋日，曾与李商隐同在令狐楚府中作幕僚的刘蕡去世。消息传至长安时，李商隐泪流满面，于无限悲愤中写下：

　　　　上帝深宫闭九阍，巫咸不下问衔冤。
　　　　黄陵别后春涛隔，湓浦书来秋雨翻。
　　　　只有安仁能作诔，何曾宋玉解招魂？
　　　　平生风义兼师友，不敢同君哭寝门。

　　或许，直至那时，他才会思及知己这一问题。

第五节

嵩云秦树久离居

寄令狐郎中

嵩云秦树久离居，双鲤迢迢一纸书。

休问梁园旧宾客，茂陵秋雨病相如。

这首诗作于武宗会昌五年（公元 845 年），是李商隐闲居洛阳期间写给令狐绹的。

  其父对李商隐有知遇之恩。唐文宗大和三年（公元 829 年）三月，令狐楚被派到东都洛阳。李商隐前去拜见，为令狐楚赏识，留在府中，与令狐绹等人一起读书。从此，李商隐的命运便不可避免地与令狐父子联系在了一起，而他与令狐绹的关系，更是自己的悲剧后半生无可回避的一部分。

  作者写这首诗的时候，两人虽有隔阂，但矛盾尚未加深，所以其中感情仍然淡而温厚。先是令狐绹有信寄来，然后李商隐作书答复。首句写嵩山与秦川远隔，各在一方，以行云烟树来寄寓思念；二句是写收到对方的书信，于平淡纡徐之中表现悠长思念和对故人问候的感激。又以"休问"二字，缓缓引出自己的现状。虽是以因病免职闲居茂陵的司马相如自比，却并无趋炎攀附之态，只是淡淡一笔感慨身世落寞。信的内容以及对故主旧交的思念感念交融在一起，温厚而有情味。

  单从这首诗来看，李商隐与令狐绹的感情还是过得去的。会昌年间，李党得政，牛党遭抑，令狐绹虽对李商隐心怀猜忌，但并没有构成李商隐仕途的真正障碍。所以这首诗虽然感念旧情，并无趋近乞怜之意，言语散淡而格调高远。

  等到了大中时期，令狐绹掌权，他对李商隐曾经的猜忌和不满就开始变成行动，一步步逼近李商隐的生活，彻底改变了他后半生的命运。

溪·应考

唐文宗大和六年（公元 832 年），李商隐入京应考，为贾悚所憎，不中。

对科举最早的认识来自初中所学课文《范进中举》。至今还记得第一句：范进进学回家，母亲、妻子俱各欢喜。还有最后一句：（胡屠户）千恩万谢，低着头，笑咪咪地去了。

那时，我并未觉得吴敬梓所写的是一个悲凉的故事。反而觉得范进是一个很有趣的人，中举的快乐竟然可以那样浓烈，以至成疯。

等读到鲁迅先生的《孔乙己》时，便有了不同感觉。"我到现在终于没有见——大约孔乙己的确死了。"读完这句，我心中悲凉而空茫，不明白那个温和、喜欢读书、穿长衫、可写四种"茴"字的孔乙己为何会死？

那是第一次，我对科举制度产生畏惧，觉得它在吞噬与毁灭着一些美好的东西。

吴敬梓是以喜剧写悲凉，但我却误认为是那真正的喜剧。直至鲁迅，我才读出其中的悲凉意味。重演千年的科举，已成牢笼，束缚着关押着读书人的欲望，但后来读到一则关于王维的故事：

> 维未冠而有文名，又精音律，妙能琵琶，为岐王所重。维方将应举，求王庇借。王遂引至公主第，使为伶人。维奏新曲号《郁轮袍》，为公主所激赏，乃为之说项，维遂得高中。

故事中，王维精通音律，尤其琵琶弹奏得极其精妙，为岐王所看重。待王维应举之时，岐王让他装扮成伶人，引至公主面前演奏。王维弹奏了新谱琴曲《郁轮袍》，因琴音精妙绝伦，让公主激赏。是年科考，王维名登榜首。

此事在唐代薛用弱撰写的《集异记》中有记载。因为绝爱王维在公主面前弹奏《郁轮袍》时的那份惊艳、那份从容、那份淡定，遂使我对科举制度稍有改观。

后来才知道，隋唐以来，科举制度是朝廷选拔官吏的一项重要措施。

考试科目主要有明经与进士两科。明经科考帖经，进士科考诗赋。因为诗赋对文人更有吸引力，所以他们多半愿意考进士科，以展现自己的诗歌才华，遂相沿成习。隋唐一代，诸多名人皆是进士科出身，如韩愈、王维、白居易。

唐文宗大和六年（公元832年），20岁的李商隐亦在令狐楚资助下入京应考了。

那是在春日。彼时，曾繁密若星的迎春花已然凋零，李商隐行走在郓州街头。偶尔回眸，便看见一树粉色桃花，在风中摇曳。

想想，时光便是这样消融的，在桃花开落里，在阔水涨落中。

离开洛阳，追随令狐楚到郓州已有三载了吧。这三年中，李商隐见过阶石生青苔，见过庭院落霜叶，见过横枝驻白鸟。而今，又见桃花。

在这密密的桃花林中，令狐楚已经为他打点好行装，送他入京。今日便要离开郓州，前往京城应试了。

歧路执手相送之后，朋友已经归去。而李商隐行走一程后，忍不住驻马回望。依旧可以看见郓州城，城墙厚重，城垛密布。

李商隐想着昨夜，令狐楚将他唤到书房。唤到书房后，却又一言不发，沉默良久，才缓缓对他说：义山，此次入京，好好应考。

李商隐不明白令狐楚为何这般沉默？其实他已经听闻科考场中种种舞弊行径，但他相信凭恃自己的才华，可以高中。但令狐楚的沉默，却让他心绪变得低沉。

20 岁是容易陷入低沉，亦容易突起高昂的年龄。

李商隐驻马回望片刻，便拨转马头继续前行，看着渺远的前方，看着路上扬起的征尘，灰色思绪被抛开，心情变得嘹亮。

他扬起马鞭，向前路行去。

行行复行行，15 日后，在播扬的柳絮中，他一身青衣牵马走进城门，进入京都了。

但这次科考，李商隐落选了。关于这一结果，李商隐在《上崔华州书》中曾淡淡提及：凡为进士者五年，始为贾相国所憎。

此处贾相国是指当年主持科考的贾𫗧。当时，贾𫗧任中书舍人、礼部侍郎。至于李商隐为何会被贾𫗧所憎恶，因而落选。李商隐接着说：居五年间，未尝衣袖文章，谒人求知。

李商隐是因为未曾按照惯例进行行卷，谒人求知，向贾𫗧推荐，所以落选么？

关于行卷，程千帆先生在《唐代进士行卷与文学》中说：

> 所谓行卷，就是应试的举子将自己的文学创作加以编辑，写成卷轴，在考试以前送呈当时在社会上、政治上和文坛上有地位的人，请求他们向主司即主持考试的礼部侍郎推荐，从而增加自己及第的希望的一种手段。这也是凭借作品进行自我介绍的手段；而这种手段之所以能够存在和盛行，则是和当时的选举制度分不开的。

杜甫曾在《奉赠韦左丞丈二十二韵》写道：

骑驴三十载，旅食京华春。

朝扣富儿门，暮随肥马尘。

残杯与冷炙，到处潜悲辛。

　　骑着跛驴，进入京华，然后四处拜谒权贵，却屡遭遇冷。杜甫困居长安，求人援引的情形，读来令人觉得凄凉。

　　既然行卷在当时颇为盛行，但为何李商隐却五年间，未曾衣袖文章，谒人求知呢？

　　确实值得玩味。那时，令狐楚已经晋升为检校右仆射、兼太原尹、北都留守、河东节度使。在长安诸权贵之间，应当具备了一定话语权。

　　他待李商隐亲如子侄，却为何未曾向某位权贵推荐？而李商隐为何也未曾提及此事，只是静静地说：未曾衣袖文章，谒人求知。

　　细细读去，可读出一份自傲一份坦荡，亦可以读出一份憔悴。

　　李商隐喜欢杜甫，他应当读过杜甫在《梦李白》中所写的那句：冠盖满京华，斯人独憔悴。在这拍手相庆的繁华京城，他究竟要以这自傲这憔悴去面对什么？

　　而彼时，令狐楚究竟是如何想的呢？

　　或许，令狐楚真正相信李商隐的才华，认为他能如往日名动洛阳一般，才名冠京华。

　　或许，令狐楚看到了李商隐的燥进，想借科考之手，予以磨炼。

　　或许，令狐楚与当时主持科考的中书舍人、礼部侍郎贾𫗧关系不佳。但唐文宗大和四年（公元830年），即李商隐入京前二年，令狐绹应举时，主持春闱事宜的亦是贾𫗧。令狐楚的用心，我们已经无法知道，只能模糊推测。李商隐或许明白了令狐楚的用心，所以他五年间，未曾谒人求知。

只是默默地一次次碰壁。用碰壁来成长，用碰壁感知着晚唐官场的腐朽与没落。在碰壁中渐趋圆熟，渐趋任达。

但，是这样吗？李商隐可以孤愤，可以自傲，可以晦涩，他始终未曾圆熟。

李商隐终究还是难以明白令狐楚的用意，他只是用少年式的清丽嘹亮的自负去对抗，固执地不肯行卷，不肯求人援引。他期待着某一日他的名字传遍京华。他期待着让令狐楚看到，秉持才华，不借助权势，他亦可以走得耀眼灿烂。

但这次对抗，李商隐失败了。从唐文宗大和六年（公元832年）到开成元年（公元836年），从20岁到24岁，他屡次入京应考，均以失败告终。这便是他在《上崔华州书》中所说的：

> 凡为进士者五年。始为故贾相国所憎，明年病不试，又明年复为今崔宣州所不取。

崔宣州是指崔郸。继贾𬍡之后，又为崔郸所不取。李商隐秉持孤直，傲然前行，却屡屡碰壁。

直至唐文宗开成二年（公元837年），李商隐才在令狐楚施以援手的情况下中举。不知中举后，他的心绪是怎样的？他会不会在欣喜中觉得委屈，觉得困惑。

但不管如何，他终于中举，他在写给令狐楚的信中说：

> 今月二十四日，吏部放榜，某侥幸成名，不任感庆。某材非秀异，文谢清华，幸忝科名，皆由奖饰。

他十分清楚，能够中举，终究还是令狐楚在背后扶助。

收到这封信的令狐楚，究竟是微笑，还是苦笑？

将时钟前拨，李商隐落第之后，他黯然离开长安，回到令狐楚幕府。此时，令狐楚已经晋升检校右仆射，兼太原尹、北都留守、河东节度使之职，驻节太原。

其实，关于李商隐是否真的曾居令狐楚太原幕，学界是有些怀疑的。不过，冯浩《玉溪生年谱》和张采田《玉溪生年谱会笺》中，是肯定此事的。学者刘学锴与周振甫亦是认同的。

当我读到他《上令狐相公状一》第一句"太原风景恬和，水土深厚"时，便忍不住一笑。

不管如何，我希望他来过这里。游学太原四载，我曾拜访过幽静的窦大夫祠，亦和朋友探寻过寒泉遗址，遥遥地看过浅蓝色天空下静静矗立的双塔。在悬瓮山麓的晋祠，领略过夕阳西下凉风四起时那古槐的郁郁苍苍。

我想，虽然李商隐居太原幕的时间并不长，但他应赏玩过这些地方，并吟下诗章了吧。那么千年烟尘后，我与他总有那么一两处足迹是重合的。站在同一位置，静静看着并未有多大差异的风景，静静听着并未有多大差异的风声鸟语。这种想象，令我觉得温暖。

千载时光，便是这样更替前行的，你渡河踏过的青石，后人依旧在踏，你将青石稍变位置，使其更稳妥，那后人渡河便更从容。你曾品评的风物，后人依旧在品评。你偶尔吟出那么一两句超脱的诗句，便兜转着流传着，丰润了后人心田。

唐文宗大和七年（公元 833 年）六月，令狐楚奉调入京，任检校右仆射，兼吏部尚书。因为吏部尚书不能辟属下掾吏，李商隐便辞去幕职，回到

紫府丹成化鹤群，青松手植变龙文。
壶中别有仙家日，岭上犹多隐士云。

向晚意不适，驱车登古原。
夕阳无限好，只是近黄昏。

故乡郑州。

令狐楚南去长安，李商隐南归郑州，他们相随了一程。

在歧路，令狐楚看着已渐渐长大的李商隐，想起4年前，17岁的少年拿着《才论》《圣论》拜谒他时的情形。4年时光，从洛阳到郓州，再到太原。他们几乎一路相随。人的一生其实很短暂，能这样相携着、言笑着与你共走一程的朋友毕竟不多。

彼时，令狐楚60余岁，白发枯萎，两鬓染霜，眉眼间已若晚秋的暮色一样低沉凄迷。距离他生命的终点，尚还有5年，但阅尽尘世风雪、见惯人事沧桑的令狐楚应当非常看重可倾心相交的朋友，可倾心提携的后辈吧。

他握着李商隐的手，反复叮嘱：前路坎坷，君多加珍重，来日我们再相聚于京华，把酒言欢，共赏白菊。叮嘱完毕，他们就那样分道而去。

在郑州稍住一段时日后，李商隐前去拜谒了郑州刺史萧浣，受到萧浣善待。"朱门才入，欢席几陪。"在《哭遂州萧侍郎二十四韵》中，李商隐写道：

> 啸傲张高盖，从容接短辕。
>
> 秋吟小山桂，春醉后堂萱。

萧浣待李商隐极好，邀请他在后堂宴饮，酒过三巡，就着八分醉意，李商隐当堂献诗，博得萧浣赞赏。但李商隐并未入萧浣幕府，而是在萧浣的推荐下，于唐文宗大和七年（公元833年）十一月，前往华州，拜谒华州刺史崔戎，并在崔戎门下作掾吏。崔戎是李商隐的重表叔。

初见，崔戎便极其喜爱李商隐。彼时，李商隐21岁。少年锐气未消，但经过长安应试的磨炼，人已稍显沉稳。在崔戎府邸，他们在后堂分宾主坐下，开始闲聊。

11 月的华州已落雪，出入需裹着厚厚的棉衣了。屋内，火盆中燃着黑色细炭，偶尔发出哔哔啵啵的声响，衬得这冬日更加寂寥。

奴仆在旁烧火煎茶，待到雪乳上浮，便可以就着窗外的松风饮茶了。

话絮自这杯茶中展开，一杯复一杯，时光自窗外轻轻隐去。他们会聊些什么呢？是聊些诗文篇章、人世沉浮、时局变幻。相谈是如此投机，以至于府衙的官吏两次参谒，俱被崔戎喝免。

从清晨开始，他们就这样闲聊着，天南地北，从古至今，待他们聊罢，站起来才发现，窗外已暮色凄迷，黄昏的凉风自枝桠间簌簌而过。

崔戎是从内心深处喜爱这位表侄的。他从李商隐的话语中品读出一些他所激赏的东西。他或许欣赏他的诗章，认为可以流传百世；或许是认可他的理想，认为他可以力挽晚唐颓势，开创中兴局面；或许是欣赏他的行事，认为他可以重振家声，光宗耀祖；更透过李商隐，他仿佛看到他那位结庐墓侧、固守着一园清风的堂叔。

而此刻，李商隐亦是欣喜的。自令狐楚之后，他终于再次遇到能够认可他，能够读懂他的人。生命本来就是在这种认可与读懂中渐渐变得生动、变得丰满的。若不能遇到认可自己读懂自己的人，那人生之途该是如何黯淡，如何清冷？

在夜色中，崔戎送李商隐出门。

站在门槛处，崔戎问，义山，明年春试在即，你可还想入京赶考？李商隐轻轻点头。崔戎又说，距离华州不远的南山有一处禅院，甚清净，明日我便送你过去。你便在那里温习功课，准备明年的春试，如何？李商隐再次点头。

多年后，李商隐在《安平公诗》中回忆了此事。他写道：

> 丈人博陵王名家，怜我总角称才华。
>
> 华州留语晓至暮，高声喝吏放两衙。
>
> 明朝骑马出城外，送我习业南山阿。

关于诗中提及的南山，亦有争议。张采田认为"习业南山"是"习业京师"。刘学锴则认为南山即终南山，统指东西绵延数百里位于关中平原南部的秦岭。而诗中所指南山是华州南面的一段终南山。

李商隐收拾行李，寄住在南山的一处僧院中，开始温习举业。此间，崔戎曾经带着侍从，携酒前去看望他。他们同游南山，把酒言欢。虽准备充足，但到了翌年春天，李商隐却因病未能入京参加考试。

唐文宗大和八年（公元834年）三月，崔戎调任兖海观察使。崔戎邀请李商隐跟随他到兖州去，掌管幕府的文书奏章。李商隐答应了。

但到兖州没过多久，崔戎便猝然去世，李商隐再次失去依靠。

与令狐楚不同，崔戎与李商隐相知不过才一年，他虽极其赏识李商隐，待李商隐极好，但因相处时间太短，并未能在李商隐留下多深的痕迹。不过有一点值得注意。那便是李商隐在《樊南甲集序》中所说：

> 后联为郓相国、华太守所怜，居门下时，敕定奏记，始通今体。

郓相国是指令狐楚，华太守是指崔戎。李商隐学自令狐楚的骈文奏章，到崔戎幕府中时才融会贯通。现存的，这一时期，李商隐代拟的表状牒文共有《安平公谢除兖海观察使表》《为安平公兖州奏杜胜等四人充

判官状》《为安平公赴兖海在道进贺端午马状》《代安平公遗表》等
8 篇。

在这里，我之所以郑重地提及李商隐奏章已写得极好，其实想说的是：通过奏章，李商隐已渐渐开始窥测到政治的内涵。他需对时局有清晰把握，对圣意有一定揣摩，对府衙之事有明确了解，才可以将奏章写好。

假如李商隐在此基础上，更进一步，时运好些，更努力些，那么他出入朝堂，官至显位，并非难事，一切便如同他的恩师令狐楚。

简单来说，骈文奏章便若一套高明的剑术，若使用得当，自可横行江湖。至不济，亦可为富贵人家看家护院。当时的李商隐，便身怀这样的绝技。他目光是向上扬的，是看着天空的。鹤舞于九天之上，他的志向亦在云端之上。

李商隐颇为自重，他渴望着创建一番功业，但一切却并非这样演变。

李商隐终将沿着另一条路前行，无论他是甘心，还是不甘心。一切恰如刘学锴在《李商隐传论》中所说：

> 就商隐说，通过锻炼，他不仅掌握了奏章的技巧和谋生的技能，并且能为以后进一步发展准备了条件。正盼着能像他的恩师令狐楚一样，由幕僚而中禁词臣而官居宰相，孰不料等待着他的却是长期沉沦不遇的命运。这一点，当时的李商隐还没有多少思想准备。

其实，李商隐的悲剧人生，是自令狐楚去世后才正式拉开序幕。

想想，觉得有些苦闷。人的一生有时候是有些惨淡的，无论你如何抗争如何哭泣，世事都将你狠狠折服。你一次次站起，又一次次被掀翻在地。

再想想，又觉得尽管世路颠沛，但有着与命运搏击的勇气亦是好的，一如海明威在《老人与海》中所写渔夫桑地亚哥那般，抗争之后，终究还是拖着庞大的鱼骨架归来。那鱼骨架便是不肯向命运屈服的见证。

第六节

一春梦雨常飘瓦

重过圣女祠

白石岩扉碧藓滋，上清沦谪得归迟。

一春梦雨常飘瓦，尽日灵风不满旗。

萼绿华来无定所，杜兰香去未移时。

玉郎会此通仙籍，忆向天阶问紫芝。

和《碧城》一样，这首诗也是历来争议极多，因为其飘忽的诗情，惹尽了后人的猜测。表面上诗是写圣女祠中的圣女，实际上也是在追忆自己曾经的感情，内容里更暗含着自己多年的失意与神伤。

　　"白石岩扉碧藓滋，上清沦谪得归迟。"圣女从上清宫受贬沦落人间，迟迟不得返归天上，如今她那居处的白石岩洞门边，已经长满绿色的苔藓。白石孤寂，覆着一层层的碧色苔藓，冷艳至极。暗示此处久无人迹，门庭寥落，远不似当年。而白石与碧藓相衬，颜色上明丽而雅洁的对照，仿佛也可以想见当年的情形。不唯清幽，更脱俗韵。

　　"梦雨"指的是细密轻微的雨，王若虚《滹南诗话》中引萧闲语："盖雨之至细若有若无者谓之梦。"丝丝春雨，悄然飘洒在屋瓦上，这样轻，这样密，如梦一般，又似乎比梦还要轻灵、幽渺。间或也有习习微风，整日里徐徐拂过檐角神旗，却始终不能将旗子高高吹起。"梦雨"，本来就是虚无缥缈、朦胧迷幻的，而高唐神女的故事更赋予了它某种暗示。在景物的描写背后更是有了深深的象征意味。他是在说圣女那微茫的期待与希望么？还是在暗自追忆当年那一阵如丝雨如微风，恍如不可闻、细寻又不见痕迹的感情？

　　眼前的梦雨凄迷是落在他身上，还是拂在了他心里？

　　"萼绿华"和"杜兰香"都是传说中的仙女，都曾与世间男子幽会，结为欢好，但也都是行踪不定，虚无缥缈。萼绿华年约二十，穿一身青衣，于一夜晚出现在男子羊权家，从此经常往来。后来给羊权尸解药，引领着他升仙了。陶弘景《真诰·运象》中说："萼绿华者，自云是南山人，不知是何山也。女子年可二十上下，青衣，颜色绝整。以升平三年十一月十日夜降于羊权家，自此往来，一月辄六过，来与权尸解药。"

　　如果说萼绿华还只是来去无定，最终尚能相携而去的话，那杜兰香简直是决绝得有些残忍了。《太平御览》引《杜兰香别传》:"香降张硕,既成婚,香便去,绝不来。年余,硕忽见香乘车山际,硕不胜悲喜,香亦有悦色。言语顷时,硕欲登其车,其婢举手排硕,凝然山立。硕复于车前上车,奴攘臂排之,硕遂退。"

短暂的欢愉和欣喜之后却是再无相会的分离,即使再见,也再无会合之期。这明显是在借女仙写自己的情事。当年,那人也是这样的行踪不定,幽期密会,聚散匆匆。到最后,终于没有结果,也再无消息,就这样消失在岁月里。就算这么多年过去了,当年那因离恨而留下的伤口却始终不曾愈合。偶尔想起来甚至分不清那到底是真实还是梦,又或者是现在还活在梦境中?故地重游,当年的情事越发不可追寻,只剩下这一山风雨与这寥落的圣女祠,勉强供人追忆往昔。

这首诗作于大中十年(公元856年),当时李商隐在剑南东川节度使柳仲郢处任判官、检校工部员外郎。柳仲郢奉令回京,李商隐也离职随之北返,此诗便作于由蜀入秦途经圣女祠之时。

其实早在开成二年(公元837年)冬,李商隐便曾经过这里,还写下了《圣女祠》两首。其一为:

杳霭逢仙迹,苍茫滞客途。

何年归碧落,此路向皇都。

消息期青雀,逢迎异紫姑。

肠回楚国梦,心断汉宫巫。

徒骑栽寒竹,行车荫白榆。

星娥一去后,月姊更来无。

寡鹄迷苍壑,羁凰怨翠梧。

惟应碧桃下，方朔是狂夫。

其二是：

松篁台殿蕙香帏，龙护瑶窗凤掩扉。

无质易迷三里雾，不寒长著五铢衣。

人间定有崔罗什，天上应无刘武威。

寄问钗头双白燕，每期珠馆几时归。

当时是其恩师令狐楚去世，李商隐自兴元（今陕西汉中）回长安奔丧时路过此处。那时候的李商隐虽然吃了一点生活上的苦头，可是新及进士的喜悦到底还在，又正是青春，怀着一腔抱负。恩师离世，给他的人生添了一重打击，他也还很难想象自己此后的命运。一切的一切，不过是明媚的底子上蘸了一点灰色的轻雾罢了。

再次路经圣女祠时，李商隐已经是已经 43 岁，被牛党压抑，刻骨的爱情与思念始终无处寄托，爱妻离世，自己长期沉沦忧郁，有志难酬，人生的风雨与世事的艰难坎坷大抵历过，于是在写《圣女祠》追忆情事之中更暗含着对自身命运的感慨。

李商隐是一个敏感而深情的人，对生活敏感，对男女情事更是了然。年轻时爱而不能得的感情，蕴藏于胸，随他辗转东西。到了一定年纪，对于爱情，回忆比当年来得更为猛烈。这些年下来，想必他也早已明了，所有的甜蜜与欢好，所有的深情与痴迷都有着相同的影子，而所有的爱情，不论怎样留恋与不舍，到最后终将消失在岁月的尘埃之中。滔滔逝水，急急流年，只剩下自己与一腔追忆共朝夕。在每个相似的场景，每个重游的故地，都会想起当年的人事，旧日的感情。

是的，一个人将曾经的往昔在心底一遍一遍摩挲，温柔而惆怅，不肯停歇。那一重重的徘徊与惆怅，化作幽微而清绝的诗安慰自己疲惫而绝望的心，至于别人能不能懂，那就是另外一件事了。

人生走到幽微曲折的暮年，琐碎苍凉的现实其实渐渐地也都可以坦然对待了，只有那经过思念和追忆美化的当年，才是最温柔的归宿和依恋。年轻时的感情最美好，青春的日子最令人怀念，不光是因为表面上的纯真与执著，更因为底下那一段永远不能复制的生命历程。曾经有这样一个春天：庾郎年最少，青草妒春袍。

溪·恋情

在《红楼梦》第三十五回中，林黛玉如是说：我最不喜欢李义山的诗，只喜他这一句："留得残荷听雨声"。偏你们又不留着残荷了。

李商隐的诗往往精工雕琢，字句隐晦难解，林妹妹这样的人自然不喜欢。而"留得残荷听雨声"一句萧索悲凉，林黛玉自伤身世，故而喜欢。"留得残荷听雨声"出自《宿骆氏亭寄怀崔雍崔衮》。全诗为：

竹坞无尘水槛清，相思迢递隔重城。

秋阴不散霜飞晚，留得残荷听雨声。

林黛玉喜欢的那句是点睛之笔。秋雨疏疏密密，你几夜不寐，静静地听着敲打在枯荷上那错落有致的雨声。一滴一滴敲在荷叶之上，亦敲入心扉。

崔戎去世后，李商隐回到郑州，此后一年，他往返于郑州与长安之间。某晚，他借宿于长安附近的灞陵东阪下的骆氏亭。一夜疏雨残荷，他写了这首缅怀崔戎的诗。

　　崔戎的去世，让李商隐深受打击。唐文宗大和九年（公元835年）春，他参加礼部进士试。主持考试的虽然并非贾𫗧，而是工部侍郎、权知礼部的崔郸，但李商隐再次落选。

　　于这重重打击中，23岁的李商隐入河南玉阳山学道。便是在玉阳山，他邂逅了一场爱情。那是一场缠绵、哀伤、短暂的爱情，恍若夏日一场骤雨，来去匆匆，却将你浇透。

　　学道于玉阳山东峰的李商隐，于夏日的清晨翻阅那些繁迭难解的《道藏》累了，便合上书，然后漫无目的地在山石密林间闲逛，当他游至灵都观附近时，便遇到了那个女子。

　　她披着乌黑的长发，斜斜坐在一块青石之上，白皙的双足伸入溪水中。低头戏玩，捧起溪水，任其自指缝间倾泻，恍若细瀑，待这细瀑落下，惊走游鱼，在水面溅起清清凉凉的水花。在素洁的水花中，她脸上亦开始绽放簇簇艳丽的笑容。

　　李商隐站在藤萝边，静静看着，那一刻，他听到自己心跳的声音。

　　溪水边的女子轻轻一甩发，不经意瞥见了藤萝边的白衣青年。

　　遥遥地，他们就那样对视，时间仿佛停止，浅蓝天空下行云静息，而青翠密林中黄雀止鸣。在这遥遥的对望中，爱恋若一星野火，瞬间的点燃并蓬蓬勃勃地燃起。

　　拜访在灵都观修行的刘清都先生后，他终于知道那女子的名字：宋华阳。她曾是宫女，而现在是侍奉公主入道修行的女冠。

　　枯燥的玉阳修道，似乎有日光渗入，突然变得明丽。或山涧中，或藤萝旁，他们一次次相约，一次次幽会。他们的感情不为清规礼教所容，不为世俗目光所容。

但爱恋若火，人若飞蛾。飞蛾一次次扑火，只为追求绚烂，纵使焚烧成灰，百死亦不悔。

不能相会的夜晚，李商隐便写诗：

> 尝闻宓妃袜，渡水欲生尘。
> 好借嫦娥著，清秋踏月轮。

那是因为宋华阳为观中规矩所拘，不能与他相约月夜。他便寄托于那传说中的宓妃之袜，希翼着宋华阳可以踏月而来。而他们相聚时，李商隐则向她轻轻吟着：

> 星沉海底当窗见，雨过河源隔座看。
> 若是晓珠明又定，一生长对水晶盘。

他于白日，幻想着长夜欢娱过后的分离。密而见疏，厚而趋薄。一次次幽会之后，终究还是倦怠。

他们究竟是怎么疏远的？是因为口角，还是误会？他们也该吵闹过的吧，初涉爱河的人情感是浓烈的，浓烈得让人不能呼吸。因为不留空间，所以便生出争执。于是他们吵了闹了，互相不肯理睬。

后来，李商隐后悔了，他一次次相约宋华阳，但她却不肯赴约。

李商隐在他们幽会的地方徘徊，足迹深深印入石中，但夕阳西下暮色沉沉，却依旧不见宋华阳袅袅婷婷的身影。

李商隐知道，她已不再爱他。这场来势汹涌的爱恋本是燎原之火，待白草烧尽，秋霜落下，那火焰亦该熄灭了，焦黑的原野上清冷寂寞，而一切都将在冬日尘封。

再后来，李商隐知道她移情别恋，喜欢上了他人，是与他们一起修道的永道士。

李商隐与宋华阳终究还是在炽烈的爱后慢慢远离。许多年后，当他重上玉阳山时，灵都观中物是人非。他再也寻觅不着那个曾与他相约于白云之下，林风之中，峰峦之侧的女子了。

读《玉溪诗谜》（《李义山恋爱事迹考》）时，是想笑的。在那些繁密穿织的文字里，苏雪林是怎样挖掘出李商隐这个兜转曲折的故事的？这些诗句，真的是李商隐用隐涩华美的文字所遮掩的爱恋么？

百代以下，已难揣测。若果真如此，便真如苏雪林所写的那般：李商隐的爱情是千古以来文人中罕有的奇遇，情史中的第一悲剧。另有一件趣事，记录如下：

苏雪林的《李义山恋爱事迹考》（1927年出版），曾于1947年再版，更名为《玉溪诗谜》。据说五六十年代时，毛泽东曾非常关注李商隐生平的研究，并请田家英代寻《李义山恋爱事迹考》。他写给田家英的信是：

田家英同志：

　　苏雪林著《李义山恋爱事迹考》，请去坊间找一下，看是否可以买到，或者商务印书馆有此书？

毛泽东

七月二十七日

068

注：毛泽东常以李商隐的诗为练习书法，在《毛泽东手书古诗词选》一书中，便收有《锦瑟》《筹笔驿》《无题》（相见时难别亦难）《马嵬》《嫦娥》《贾生》等诗。

我不知道，修道玉阳的李商隐在埋首《道藏》之余，会不会于枯燥和清冷中编织出这样一个缠绵、哀伤、短暂的爱情故事。然后，渐渐地，他亦迷失其中。

不管有无遭遇这样一场爱情。李商隐于油灯前、夜风中，翻阅的那些枯黄古旧的道家典籍，在他的诗文中刻下了深深的痕。他诗中许多典故、隐喻皆出自《道藏》。

读李商隐的诗，宛若穿越文辞的迷宫、典故的密林。不经意间，便会迷路。待回神，已走出很远，恍然转身时，便见天边月色皎洁，云淡风轻。

想想，觉得有趣，李商隐用迷失所构筑的诗文宫殿，引诱着更多试图读懂他的人迷失。

读李商隐的《柳枝五首》序言时，便想，若是导演，如何才能拍出这样一段凄伤的爱情，以天地为舞台，以春冬为框架，以遗憾为枝干。

第一折是雪。先是远景，山河苍茫、风雪弥漫。遥遥地，有人身披蓑衣，头戴斗笠在雪中踽踽独行，身后是一串长长的足迹。

切换镜头，亦是雪中。一间木屋，屋内少年正拥炉读书，熹微的火光跳跃在洁白的纸卷上，耀亮少年的面容。少年星目薄唇，眉宇间略有愁意。

读书间隙，少年会起身，呵气搓手，跺脚，然后向炉中添柴。少年添柴完毕，正待坐下继续读书。忽然传来犬吠，继而是敲门声。

少年开门，身披蓑衣之人进屋。同时取下斗笠，露出面容。少年惊喜地问：让山，你怎么来了？蓑衣之人笑着说：义山叔，打扰您读书了吧。

两人寒暄完毕。围炉取暖，饮茶。闲聊几句后，让山问：义山叔，你还记得柳枝么？

少年点头，喟叹说：怎能忘记？她现在如何？

让山顿了顿，面现犹豫，继而轻声说：她已被一位节度使娶走。

少年一怔，手中白瓷茶杯滑落，落在地上，碎成片。两人同时一惊，少年忙俯身收拾破碎的瓷片。让山问：义山叔，你还惦念着她，是吧？

少年稍微停顿，并不回答，继续收拾瓷片。

第二场是回忆。洛阳城中，某处庭院。恰是仲春时节，花圃中繁密若簇。镜头切入闺阁：香炉中残烟袅袅，明丽日光透过窗棂，落到梳妆台上。台上一面古铜明镜，镜中一少女睡眼惺忪，身后丫鬟正帮她梳头。梳至一半时，少女忽然清醒。她似乎想起什么，不顾尚未梳完的发髻，立刻起身，跑到屋外。背后丫鬟在喊：小姐，还没梳完呢！

少女并不答理，只是跑到柳树下，摘下一片柳叶倚树而立，然后将柳叶放至红唇边，轻吹。声音时而婉转幽怨，低沉哀回，时而若海起涛，若天生风。

一曲吹毕，她笑靥如花，问追来的丫鬟：好听么？

丫鬟凑近，一边帮她梳头一边说：小姐吹的曲子当然好听了，但下次能不能先梳好头，再跑出来摘柳叶吹曲。若像现在这样，小心嫁不出去。

说完，丫鬟咯咯笑着跑开。少女轻淬一口，说：死丫头。然后跑去追赶。一跑一追，笑声惊起栖落在花丛中的黄蝶，惊起栖落在柳阴中的银雀。

第三场是听诗。远远地，让山骑马而来。到了粉墙外，他下马将缰绳系在柳树上，站在柳荫下休息。歇了片刻，似觉得无聊，便轻轻吟着才从义山那里听来的《燕台诗》："风光冉冉东西陌，几日娇魂寻不得"。

少女方要出门，听到此句便静静站住。从"风光冉冉东西陌，几日娇魂寻不得"到"风车雨马不持去,蜡烛啼红怨天曙"止,36句,句句若秋日疏雨,落入少女心扉。

少女低低说了"幽忆怨断"四字,便匆匆跑上前,问让山:谁能有这般哀婉凄伤的经历,谁又能写出这般哀感顽艳的诗句?

让山一惊,认出少女,是邻家的柳枝。他说:这首诗是我刚从义山叔那边听来的。

柳枝轻吟:风车雨马不持去,蜡烛啼红怨天曙。她抬起头,眼神灿亮若星。

柳枝从身上取下一条长长的丝带,结成同心,递给让山说:能不能将这同心结转交给你义山叔,便说我柳枝向他求诗。让山点头同意。少女柳枝面色含春,雀跃而去。

第四场是相见。白衫少年骑马而行,才出窄巷,便看见了站在明媚春光里的少女。她梳着双髻,用团扇半遮半掩着面容。看见少年出来,她笑了,笑容如同小园中那圃春花。她轻轻问他:你可是让山的叔叔?那《燕台诗》可是你所写?

少年点头。他记起昨晚让山递给他的同心丝结,脸色绯红。见他脸红,柳枝似乎变得开心。她放下团扇,露出春花皎洁的容貌。她说:三日后,是湔裙之日,届时我将去溪边浣衣,且以博山香待君,君请勿失约。

说完,柳枝轻笑着,转身离去。少年静坐马上,看着少女摇曳若荷的身影,心中亦盛放出绚烂的花,红橙黄绿,团团簇簇,无一枝不浸润着难以名状的喜悦。

第五场是失约。因为朋友急着赴京,便偷偷带着少年的行李离开洛阳。少年一路追赶。当他纵骑离开洛阳古城时,不断回望,心碎成片。彼时,他或许想,待长安事毕,便回转洛阳寻觅柳枝。但,孰料此去流年,再回首,已是百年身。

而洛阳城，坡下溪边，盛装丽服的少女就那样静静地站着柳阴中，从清晨至黄昏，面容上曾灿若星辰的春花一朵朵慢慢凋零。他为何会失约？她在心底千百次地问。

第六场是题诗。于漫天风雪中，听闻柳枝嫁入豪门，少年枯坐许久。突然，他似乎忆起什么？起身，研磨，铺纸，挥笔写下《柳枝五首》：

其一：

> 花房与蜜脾，蜂雄蛱蝶雌。
> 同时不同类，那复更相思。

其二：

> 本是丁香树，春条结始生。
> 玉作弹棋局，中心亦不平。

其三：

> 嘉瓜引蔓长，碧玉冰寒浆。
> 东陵虽五色，不忍值牙香。

其四：

> 柳枝井上蟠，莲叶浦中干。
> 锦鳞与绣羽，水陆有伤残。

其五：

> 画屏绣步障，物物自成双。
> 如何湖上望，只是见鸳鸯。

写完，他将笔掷到一旁，喃喃自语：便以此诗纪念那曾于渭裙之日，溪边相守的女子。

这是一幕尚未来得及展开，便草草收场的爱情。细细看去，这场爱情很简单，翻看冯梦龙编撰的《情史》，这样的故事俯首皆是。但其中有些东西，比如缘分，比如命运，还是值得细细品味的。李商隐与柳枝因《燕台诗》而结缘，但这缘浅薄如纸，仅有一面，一面之后，无论如何挣扎、委屈、哭泣，也只能零落于暮风中。有缘相识，却终归是无缘相守。人若木偶，往往受命运之线牵制，不能自主。

突然想起黄仁宇在《万历十五年》中所写的一段话：

> 1587年，即万历十五年的秋天，他作为首辅已四年有半，今后还有四年，他仍为文渊阁的首长。在他不知不觉的用尽了命运为他安排作首辅的全段时间，那么太傅兼太子太师左柱国中极殿大学士申时行即想在文渊阁再多留一天，也是不能为时势所容许的了。

申时行即想在文渊阁再多留一天，也是不能为时势所容许的了。这句话，当时读去，觉得一片悲凉。人的一生是否已经注定，一段一段俱已标明做何事做何感想，与谁可以言欢，与谁只是交浅，若这样，人生该是何等无趣。

这些事，不愿多想。人即便是翔舞于空的风筝，命运之线收拢后，惨然跌落，那么借风而起的那一刻，总不能还说是一种真实的飞扬吧。

不知道，写完《柳枝五首》之后，李商隐是否想到这些让人忧闷的事。

李商隐与宋华阳的恋情，是从那些隐晦的诗文中推测出来的，而他与柳枝这段爱恋，则被他清晰明白地写入了《柳枝五首》序言中。柳枝，洛中里姑娘。李商隐以极其普通的开头，静静叙述了这段令人抱憾的故事。在李商隐年表中，他曾有两次东到江浙，但去意不明，这颇让人迷惑，或许他是去寻觅那被"东诸侯"娶去的柳枝吧。

在我印象中，李商隐结识柳枝在宋华阳之后，但翻阅资料，却发现错了。吴调公便认为李商隐与柳枝结识应在唐文宗大和八年（公元834年），而与宋华阳相交则在唐文宗开成元年（公元836年）。那么李商隐与柳枝这段一面之缘则应在崔戎幕府时。

错便错吧，或许，李商隐只是借这样一个爱情故事叙述着人生的凄凉。仅仅因为朋友将行李带走，便与一个或许会厮守一生的女子错开，还有比这更让人觉得无奈与苍凉的事么？

第七节

流莺漂荡复参差

流莺

流莺漂荡复参差，渡陌临流不自持。

巧啭岂能无本意，良辰未必有佳期。

风朝露夜阴晴里，万户千门开闭时。

曾苦伤春不忍听，凤城何处有花枝。

蝉

本以高难饱，徒劳恨费声。

五更疏欲断，一树碧无情。

薄宦梗犹泛，故园芜已平。

烦君最相警，我亦举家清。

　　古代的人们和自然相近，与风物相亲，感慨抒情往往从身边述起。又眼见得时光流转季节变换，暗自为气候的更迭而惊心。敏感的人更是容易因物、触景而生情。写自身的感慨与情怀，往往不从自身写，而是要托那与自己心事相契的景与物来写。

　　流莺，指的是漂荡辗转、无所栖居的黄莺。黄莺流离无依，不得不到处漂泊。飞过遥远的陌头，越过深深浅浅的溪流，却始终没个落脚处。可是这样的命运也不是黄莺自己能掌控的，好像到处漂泊的人一样，命运似乎充当了一只大手在背后不停地推搡着。黄莺尚不能自持，人更是无法把握，无可奈何，只好一步接一步，辗转往前去。

　　宣宗大中三年（公元 849 年）春，作者在长安暂充京兆府掾属，"天官补吏府中趋，玉骨瘦来无一把。"早在从桂林北返途中就发出过这样疲倦而惆怅的叹息："昔去真无奈，今还岂自知。""去真无奈""还岂自知"，这种不知的真无奈，只怕不比"不自持"的黄莺好多少。

　　"巧啭岂能无本意，良辰未必有佳期。"流莺叫声婉转悦耳，然而，它那"巧啭"中所含的"本意"却根本不被理解，即使有什么春日芳辰也不能盼来"佳期"实现自己的愿望。如果说，流莺的漂泊是诗人飘零身世的象征，那么流莺的"巧啭"便是诗人歌吟和作品的生动比喻。巧啭中寓有不为人所理解的"本意"，这"本意"可以是诗人的理想抱负，也可以是诗人所抱的某种政治的期望。这一联和《蝉》的颔联颇相似，只是"五更疏欲断，一树碧无情"所强调的更是所处环境的冷酷。

"风朝露夜阴晴里，万户千门开闭时。"无论是刮风的早晨还是降露的夜晚、是晴明的天气还是阴霾的日子、是京城中万户千门开启或关闭的时分，流莺总是在啼啭歌吟。它仿佛执着地要将"本意"告诉人们，而且在等待着渺茫无尽的佳期。如今诗人也正苦伤春，实在不忍再听流莺永无休止的伤春的哀鸣，忍不住要问它一问：这偌大的长安城内，哪里有什么可以依栖的花枝？

蝉与流莺的相似之处是鸣叫，黄莺巧啭，玄蝉餐风饮露，也擅鸣叫，很像诗人，常以文辞写衷曲，又都需高树枝头来栖息，也常苦飘零无定所。还有什么比它们更像李商隐的么？敏感的人看到与自己相似的事物，往往更为心惊，忍不住要借它们的口来写一写自己的心。

"五更疏欲断，一树碧无情。"叫到肝肠寸断又能怎样呢？乔木虽高不可托，一树青碧并不因此而有所动容。古代的诗人在不如意的时候往往会想到要归返故乡，陶渊明替后世无数人说出了心声："归去来兮，胡不归，田园将芜。"

田园和故乡是最靠得住的，不管经历了多少风雨，总还有个茅屋等待自己归来，风雨凄迷的夜里总还有一盏小灯在等着远来的身影。李商隐也感慨漂泊天涯如水上浮梗，故乡的园中想必也是荒芜一片。实际上他也只能是感慨一下罢了，故乡对于李商隐从来就不是温暖可依的所在。从小他随父亲漂泊浙东，父亲死后，9岁的他扶柩归家，"四海无可归之地，九族无可倚之亲。"这样残酷的现实印在生命的底子上，哪里来的什么温暖和眷恋。所以，后面又有了一个"我亦举家清"。

记得原来学到《蝉》的时候，有人提出质疑，说蝉在晚上是不会叫的，从不曾听到过夜里的蝉鸣。

实际上那是小孩子的无知妄语，我也是到了如今才真切地听到夜里的蝉鸣。天黑之后的蝉其实并不怎么叫，一直到凌晨4点前都很安静。只有到了曙色未露的时候，才一齐鸣叫起来，不是一只一只的叫，而是从无数枝杈与角落间齐齐响起。长长短短的蝉鸣已不止是疏欲断，简直是绝望而凄厉。

看看表，正是4点钟。

这一片蝉鸣，每天响起，从不会晚，也不会早。到5点钟，便又陆续安静了下来。只一刹，天地间静而清。新生的露珠纷纷从草尖花瓣上滚落。

夜不成寐，从蝉鸣中回味往昔和此生的人，大抵是愁郁而寂寞的。而先哲卡莱尔说：不曾痛哭过长夜的人，不足以语人生。

溪·甘露

读钱穆先生的《中国历代政治得失》是一次愉快的历程。

看着他自汉始，至清终，细细梳理着历代政府、考试、税赋、兵役。高屋建瓴，言简意赅。阅读中，我比较感兴趣的是官职的演变过程。看多了，忽然明白：权力是一个蛋糕，而皇帝是掌握分割蛋糕权力的人，朝臣是搏取蛋糕份额的人。

初始，皇帝嫌相权过重，那么便将这份权力分摊到中书、门下、尚书三省。而朝臣觉得蛋糕不够，则又将权力慢慢集中到中书省。

待集中后，皇帝又嫌权力过重，那么便再建一枢密院与中书省相抗衡。待到了明朝，皇帝干脆取消相权，独揽朝政。但蛋糕太大，难以独吞，权力外溢，又渐渐流落到宦官与首辅手中。

权力就这样集中，下放，再集中，再下放。

皇帝与朝臣，或者与宦官，或者与割据一方的藩镇就这样进行着博弈。反复、持久。充满流血与牺牲，充满暴力与卑劣。

其实，说到钱穆先生的《中国历代政治得失》，我只是想引出"甘露之变"——唐文宗时的甘露之变，李商隐在《有感二首》《重有感》《曲江》中所感慨所愤懑的那个甘露之变。

李商隐是在唐文宗大和九年（公元835年）的深秋，结束了与宋华阳那段黯然销魂的爱情，自玉阳山上悄悄下山。东归郑州，看望母亲。

彼时，他24岁，距离写出《才论》《圣论》已有8年。这8年，他先后经历令狐楚的太平幕、太原幕，崔戎的华州幕、兖州幕；亦经历柳枝、宋华阳两段爱情。而科考屡试不第，回顾来时路，他心绪该是苍茫与惆怅的吧。

这一年，他在郑州，而此时的长安却已天翻地覆，发生了"甘露之变"事件。

甘露之变，说来也简单。无非是在晚唐藩镇割据、宦官专权的情形下，27岁的文宗皇帝想重新掌控分割蛋糕的权力，于是联合宰相李训及凤翔节度使郑注，试图诛灭宦官。

先是李训使人诈称左金吾大厅后石榴树上夜降甘露，诱使宦官仇士良等人前去验查，借机诛灭。但是，行事不密，却被仇士良识破。

然后仇士良劫持文宗皇帝入宫，派禁军大肆捕杀朝臣，血洗长安。李训、郑注被杀，连未曾预谋此事的宰相王涯、贾餗、舒元舆亦被灭族，以及更多无辜之人被牵连。

那一日，长安连日光都应该是红的吧。

甘露之变后，文宗皇帝夺权失败，而宦官权威更重。

简单几句，便可将这件事交代完毕。中国五千年历史，这样的流血事件太多，这样的杀戮太多，人已麻木。无非是上位者操纵历史，而细民承受鲜血。

当然，历千年而下，我们远远地站着、远远地看着，自然可以说得这样达观与从容，神闲气定。但那几日，长安的读书人是怎样度过的，心绪该如何忐忑？精神该如何紧张？我们却未必能完全体会得到。

根据《新唐书》记载，宦官遣禁卫军"斩四方馆,血流成渠"。血流成渠，这是怎样惨厉的词句。那些从儒生身上留下的血慢慢洇进青石板，渐渐地，连石隙间都无法容纳，血缓缓溢出，汇聚成流，汩汩地在历史的河道中流淌。

而宦官田全操则扬言：我入城，凡儒服者，无贵贱，当尽杀之。

原来，读书之人，辛苦读书，待有所成之后，也不过如野草一样，是可以被随意刈割的。

在郑州的李商隐听闻发生在长安的这一切后，会是怎样的表情？他幼时曾历尽颠簸流离之苦，长而佣书春米，是识得人间辛苦的。他曾说过：生人穷困。

在令狐楚与崔戎幕府中，他渐渐懂得时政，明白晚唐是怎样一个衰败与颓废的时代：藩镇割据，宦竖专权，朝臣结党，皇权衰落。

24岁，是热血依旧沸腾的年龄。于无数夜中，他应反复思考过这个问题。如何于这丛丛荆棘中，重铸那个繁盛的唐？如何于艰难竭蹶中，重新树立那个辉煌的唐？李商隐的匡国之愿，欲回天地之心该是在此时艰难构筑起来的吧。

或许，李商隐确立这种志向应更早些，但不能不说，正是甘露之变，给了李商隐重新审视自己政治理想的机会。这一年，在长安流淌着的一摊摊血，染红了这个远在郑州的男子。

李商隐是想着于这耀目与压抑的红中，创出一份不世功业，然后"永忆江湖归白发，欲回天地入扁舟"。一如他素来敬仰的先贤越国的范蠡一般，功成名就后，将马解鞍，将剑归鞘，披散着一头若霜白发，泛舟于五湖烟云之中。

甘露之变后，李商隐用一年时间慢慢思索，然后写下了《有感二首》：

其一：

> 九服归元化，三灵叶睿图。
>
> 如何本初辈，自取屈牦诛。
>
> 有甚当车泣，因劳下殿趋。
>
> 何成奏云物，直是灭萑苻。
>
> 证逮符书密，辞连性命俱。
>
> 竞缘尊汉相，不早辨胡雏。
>
> 鬼箓分朝部，军烽照上都。
>
> 敢云堪恸哭，未免怨洪炉。

其二：

> 丹陛犹敷奏，彤庭欻战争。
>
> 临危对卢植，始悔用庞萌。
>
> 御仗收前殿，兵徒剧背城。
>
> 苍黄五色棒，掩遏一阳生。
>
> 古有清君侧，今非乏老成。
>
> 素心虽未易，此举太无名。

谁瞑衔冤目，宁吞欲绝声。
近闻开寿宴，不废用咸英。

在诗中，他谴责李训志大才疏谋浅，贻误国事。而文宗皇帝不能任用贤人，以致于酿成惨剧。"谁瞑衔冤目，宁吞欲绝声。近闻开寿宴，不废用咸英"。甘露之变后，文宗皇帝开宴庆祝寿辰，席间依旧用黄帝时的《咸池》之乐和帝喾时的《六英》之乐。那些含冤而死的朝臣，谁能甘心瞑目于地下？而悲愤欲绝的未死者，又怎能如此忍气吞声？

彼时，尚白衣之身的李商隐用朗朗之声发问着，质疑着。

从诗句中，可以读出李商隐的刚烈与愤恨。他不愿意吞声，所以发出一叠叠质问。但这声音终究太微弱，飘散在夜风中，无人应和，亦无人敢应和。陈怡焮先生在北京大学学报上发表的《关于李商隐》一文中说：

这诗（指《有感二首》）自注说："乙卯年有感，丙辰年诗成。"这注语虽简单，却很能说明问题。以他的才情、学识，作两首排律，当是易事，然而竟隔年而成。可见诗人有感于衷，不吐不快；待为诗宣泄，却以事关朝政，顾虑重重，一时就难以找到既确切而又隐晦的"好对切事"来加以表现了。写作之时，怕意显招累，唯恐不深不隐；既成之后，又怕无人领略，有负苦心，便不觉自赘短语，以尽余意。诗人写作这类政治诗歌的矛盾心情，于此可见一斑。

或许是这样的，发问之前李商隐是犹豫的、充满顾虑的，但他终究还是将心中的伤感、愤懑、质问用这一行行坚硬的诗句抒发了出来。当时年事已高的白居易，听到甘露之变中王涯被祸的消息，写下《九年十一月二十一日感事而作》，全诗为：

> 祸福茫茫不可期，大都早退似先知。
>
> 当君白首同归日，是我青山独往时。
>
> 顾索素琴应不暇，忆牵黄犬定难追。
>
> 麒麟作脯龙为醢，何似泥中曳尾龟？

诗中，他说：福祸难以预料，当年，我离开长安是有先知之明的。昔日的同僚，今日白头赴死时，我正闲步香山。你们想像嵇康一样临死抚琴是来不及的，是否会记起李斯临死时所说的"牵黄犬逐狡兔"的话？麒麟和龙被做成肉干，何如那泥中曳尾的乌龟？位居显贵而被人杀死，何如做百姓来得安乐？

读白居易的诗，让我觉得惊愕。且不说那苟全于乱世的避世思想，关键是他的自得之意。这曾是写下《卖炭翁》的白居易么？

那个曾关注苍生、鞭挞权贵，凌厉锋芒的白居易究竟是如何消融成避世苟全的香山居士的？而时任同州刺史的刘禹锡则在同年连上两道贺表。贺表中写道：重臣协力，禁旅齐心，指顾之间，猖狂自溃。他是在庆贺郑注、李训被斩杀。

便是在这苟全于世的茫茫人海中，李商隐孤独地站立着，以挺拔的姿态写下了《有感二首》，不久，他又写下《重有感》《曲江》，并将这一腔抑郁延续到《行次西郊作一百韵》中。可惜的是在《行次西郊作一百韵》之后，他这腔愤懑便渐渐散尽。

第八节
不及卢家有莫愁

马嵬

海外徒闻更九州，他生未卜此生休。

空闻虎旅传宵柝，无复鸡人报晓筹。

此日六军同驻马，当时七夕笑牵牛。

如何四纪为天子，不及卢家有莫愁！

或许是因为唐皇室有少数民族血统，唐代的风气并不似汉代及后世那般沉闷，就连唐代诗歌中的女子，似乎也都要活泼许多。翻开《全唐诗》，写宫中情事的诗歌可谓是数不胜数。但是，皇室似乎并不以此为忌讳，而风流的诗人也都以写宫中情事为风尚。既符合自身风流典雅的诗人气质，却也不违背香草美人的抒情传统，真可谓是两全其美。

　　但是，有一件往事却是唐皇室心中永远的痛，它本是整个王朝由盛转衰的一曲挽歌，却又一次次被后世小说家传为艳谈。非关大浪淘沙，总为风华绝代。人世间总有世运兴衰，烽烟滚滚。但天宝十五载的那个秋季，让大唐王朝的关河、塞草，都抹上了一笔哀艳的斜阳。

　　"海外徒闻更九州，他生未卜此生休。"多年之后，已经被迫当上太上皇的李隆基，透过高槐院墙而洒落中庭的月影，是否会再找回那流离失所的记忆？曾也上穷碧落下黄泉地苦苦追寻过的，曾也传闻海外仙山依然缥缈着的，如今，又能剩下什么。他生未卜此生休，现世的清醒，所能得到的仅仅是痛苦。

　　也还记得华清池中的那次初见。美人出浴，如芙蓉出水，一笑百媚。一位是英明神武的盖世君主，一位是风华绝代的寿王宠妃。一位是一往情深的音乐家，一位是天才横溢的舞者，羽衣舞影中，所有的道德判断全然失效。至少在那一刻，他们是蔑视一切的。即便后人一边津津乐道地谈论他们的风流，也不忘先点上一笔"汉皇重色思倾国"。他们都顾不得了。于是，他们在春日的清晓，于枕上听掌管更漏的官员报时，思量着是不是再厮守片刻；他们在七夕的夜晚，看天上的牛郎织女星，笑谈着人间的离合……

　　旧游如梦呵。一转眼间，竟已是虎旅传柝，六军驻马。诗人的笔触总是如此多情，却又如此无情。安史之乱爆发后，安史叛军击败潼关守军，

思牢弩箭磨青石，绣额蛮渠三虎力。

寻潮背日伺泅鳞，贝阙夜移鲸失色。

飒飒东风细雨来，芙蓉塘外有轻雷。

直逼长安，唐玄宗慌乱之中带着杨玉环和一些高级扈从奔往蜀中，行至马嵬坡这个地方，军士们哗变了，不再前行。青春的大唐，富强雄盛的大唐，这是每个人心中最深的自豪，但是，它竟然在如此短的时间内便溃败了。众怒难平，军士们要向李隆基讨个说法。他们首先将目标对准了杨国忠——杨玉环的表哥。正是因为时任宰相的杨国忠横征暴敛，才导致国家的衰败。但是，李隆基在下令处死杨国忠之后，扈从的将士们仍然不肯前行，谓杨国忠为贵妃堂兄，堂兄有罪，堂妹亦不得免……于是，"君王掩面救不得""回看血泪相和流"。

其实，哪里是救不得，只是头顶的皇冠，总是要重过朝朝暮暮的爱妃罢了。生在皇家，他又有什么办法。"如何四纪为天子，不及卢家有莫愁。"这感慨不能说不深，这讽刺不能说不尖锐。这一刻，义山该是想到《莫愁歌》："河中之水向东流，洛阳女儿名莫愁。莫愁十三能织绮，十四采桑南陌头。十五嫁为卢家妇，十六生儿字阿侯。卢家兰室桂为梁，中有郁金苏合香……"织绮，采桑。莫愁只不过是一个出身平民家的女子，但她是何等的快乐，该劳动的时候劳动，该嫁人的时候嫁人。她的一生是简单而幸福的，他的丈夫，也该是幸福的吧。不为别的，拥有这样一个勤劳快乐的妻子，还不幸福吗？但玄宗，当了40年皇帝的玄宗，与那个姓卢的男子相比，却是不幸的。他的前半生陷入宫廷斗争，为了皇位，不惜杀死自己的亲生姑姑。后半生日理万机，到了晚年，却又连续杀死自己3个亲生儿子。而到最后，就连自己最心爱的妃子也保不住，真的是妻离子散了……

溪·折桂

唐文宗开成二年（公元 837 年）春，李商隐赴京应举，经令狐绹引荐，登进士第。

5 年时光，从 20 岁到 25 岁，青涩褪去，举止已趋沉稳。李商隐秉持孤傲，独然前行。但这孤傲却一次次被消磨，最后在令狐楚施以援手下，才进士及第。

尽管如此，李商隐亦是开心的吧。除去旧旧的白衫，换上新衣，不知此时是否有落榜的举人前来向他求取旧衣，以期日后折桂？

然后，是曲江关宴、杏园探花、雁塔题名。"昔日龌龊不足夸，今朝放荡思无涯。春风得意马蹄疾，一日看尽长安花。"就这样被喜悦携裹着，步步前行。曲江之侧，宴席奢华。杏林之中，繁花若锦。

于铺扬的欢笑中，他远远地看见紫云楼上的文宗皇帝，衣饰华丽而面目模糊。这便是他日后所要效忠的君王么？

举杯轻饮，待将酒杯放下后，他在繁杂喧嚣的人群中，看到了一个女子。眉清目秀，如诗如画。她该是随家人参加曲江游宴的吧。她立在一株杏树下，浅浅的花瓣落到乌黑的发间。她似乎感觉到他在看她，于是脸色微红，但亦勇敢地看过来。

隔着人群，他们就那样相视一笑。

直到后来，他才知道她是王茂元之女。这便是与他生死与共的人。那一刻，他心底低吟："蒹葭苍苍，白露为霜，所谓伊人，在水一方"。

宴席结束，他们闲闲聊着，慢慢走着，不用片刻便到杏园左侧的慈恩寺了。研磨，挽袖，挥笔题名于大雁塔壁，然后或远或近地自赏一番。这泼墨挥洒的名姓究竟会存在多久？他们的期待是千年，但不用多久，这些字迹便会被骤雨洗去，被细尘遮蔽，难以辨认。

李商隐会不会在斑驳的墙壁上细细辨认那些旧日的名姓。他是否会看到"白居易"三字？慈恩塔下题名处，17人中最少年。当年的白居易亦是如此吧，心内的欢愉如花盛放。悲伤独自承受，而喜悦则需与人分享。

夜色渐深，静坐旅舍，于飘忽的烛影下，李商隐蘸着雕花窗外的月色，开始写信。第一封信写给母亲与弟弟，第二封信写给恩师令狐楚，第三封信写给……

待信写完，李商隐依旧全无睡意，他细细回顾这次进士及第。隐约地从朋友那里听来，他此次进士及第全凭令狐绹推荐之力。那日早朝，主持这次春闱的高锴遇见令狐绹。不经意间，他淡淡地问：八郎的朋友中谁最不错呢？令狐绹并未多想，直接回答：李商隐。连说三次，然后一揖而退。

令狐绹。躺于床上的李商隐浮现出好友的身影。而这身影之后，他似乎又看见令狐楚。他遥遥地站着，依稀在笑，眉眼间盛放着慈爱与关切。

李商隐微微转身，碰到了堆放床侧的纸卷，那里是他才写出的诗文。那白纸墨字里，渗透着他的才华，渗透着他的志向。但这一切真的抵不住权贵的一言半语么？

夜已深，万籁俱寂，李商隐辗转反侧，不能成寐。关于李商隐进士及第一事。《新唐书·李商隐传》中写道：

开成二年，高锴知贡举，令狐绹雅善锴，奖誉甚力，故擢进士第。

出这些语句，可以推知，李商隐及第是凭令狐绹推荐之力的。而在《旧唐书·李商隐传》中，则这样写道：开成二年方登进士第。

比起《新唐书》，更为简练。

《旧唐书》成书早于《新唐书》。可能是当时未能看清的事，待到百年后，才开始填补，当然这填补也可能是涂抹。李商隐在《与陶进士书》中细细记叙了此事。他说：

　　故自大和七年后，虽尚应举，除吉凶书及人凭倩作笺启铭表之外，不复作文。文尚不复作，况复能学人行卷耶？时独令狐补阙最相厚，岁岁为写出旧文纳贡院。既得引试，会故人夏口主举人，时素重令狐贤明，一日见之於朝，揖曰："八郎之交谁最善？"直进曰"李商隐"者。三道而退，亦不为荐托之辞，故夏口与及第。

将李商隐的《与陶进士书》细细读去，则可以品味出些许矛盾。他说：文尚不复作，况复能学人行卷耶？意即：他未曾行卷，所以进士及第，凭持的是个人才华。

但他接着叙述：高锴问令狐绹；八郎之交谁最善？令狐绹连道"李商隐"三次。

其实，谁都可以看出，李商隐进士及第，令狐绹这三句话非常重要。但李商隐随即又说：亦不为荐托之辞。意即：令狐绹只是随口说说，并未正式推荐。

而后面，则又是：故夏口与及第。但他不得不承认，此次及第，令狐绹的随口说说，至关重要。

文章写得如此兜转，可以看出李商隐的矛盾。他似乎想说，他始终是固守内心崇高准则的，是凭借才华而不是依托权贵得进士及第的，但他又明白这是自欺。

李商隐试图保持的孤傲，就这样被击碎。读《与陶进士书》中这段，让人觉得心痛。且不管如何，进士及第后的这段时日以及稍后与王茂元之女的花烛之夜大概是李商隐最为开心的时光。欢愉过后，悲伤接踵而至。自此，李商隐将一生沉沦在坎坷与艰辛中。

李商隐中举后不久，时任兴元尹、山南西道节度使的令狐楚自兴元来信，邀请他到兴元幕府供职。李商隐东归济源探望母亲后，于10月底赴兴元。

李商隐启程时，密云欲雪，绵延百里，他在《西南行却寄相送者》中写道：百里阴云复雪泥，行人只在雪云西。明朝惊破还乡梦，定是陈仓碧野鸡。

李商隐收拾行简时，抬头看天。他想，到兴元之时，这雪肯定已消融，该是明洁而干净的晴日了吧。但这场厚厚的雪却随着他的马蹄一直延续到兴元，到令狐楚的榻前。

令狐楚于这浓浓的雪中，再也看不到明年的花开。

李商隐抵达兴元时，令狐楚卧病在床。11月的兴元，雪满庭院。令狐楚面容消瘦，拥裘坐在床上，看到李商隐，他露出笑容。彼时，令狐绪、令狐绹俱在，李商隐亦远远赶来。令狐楚看着窗外的雪幕，觉得心安。

一个月后，令狐楚去世。令狐楚的遗表，由李商隐代为起草。

这短短的一个月内，令狐楚会和李商隐聊些什么呢？

令狐楚会将一生所经历的风雨雪霜，一一叙述给李商隐听吧。而那自艰难困惑的世事中辗转得来的智慧，时年25岁的李商隐是否会明白？

人生的智慧是由充斥着抉择、磨难的时光积累而成的。垂暮之人所渴切传授的真知，垂髫之人终究不能明白。

智慧便是这样的，渐渐累积，至圆满之后，又随着死亡，飘散风中。

而人一代代不亦是这样么？从起点至终点，再以终点为起点。循环往复，永不停息，直至地老天荒，日月无光。终究还是无永恒、永存之物的。

读李商隐代令狐楚起草的遗表《代彭阳公遗表》，我们可以窥测，卧病床榻的令狐楚究竟与李商隐聊了些什么？在遗表中，除历述令狐楚一生进退升沉，感激文宗皇帝知遇之恩外，尚有一段文字值得注意：

> 臣之年亦极矣，臣之荣亦足矣。以祖以父，皆蒙褒宠，有弟有子，并列班行。全腰领以从前人，归体魄以事先帝。此不自达，诚为甚愚。但以将掩泉扃，不得重辞云陛，更陈尸谏，犹进瞽言，虽叫呼而不能，岂诚明之敢忘。伏惟皇帝陛下春秋鼎盛，华夏镜清，是修教化之初，当复理安之始。然自前年夏秋以来，贬谴者至多，诛戮者不少。伏望普加鸿造，稍宽皇威。殁者昭雪以云雷，存者沾濡以雨露，使五稼嘉熟，兆人乐康。用臣将尽之苦言，慰臣永蛰之幽魄。臣某云云。

自前年夏秋以来，贬谴者至多，诛戮者不少。这句是指甘露之变后，受到贬谴诛戮的朝臣。令狐楚希望文宗皇帝可以为他们昭雪。

老人在咳嗽声中，断断续续地叙述着不满。宦竖专权，倒行逆施，滥杀朝臣。这样下去，是国将不国、家将不家的啊！他的心中充满忧虑。从这忧虑出发，他振奋起垂暮之力，再次迸发出激扬愤慨。

这段文字，根据《旧唐书》记载，是令狐楚秉笔自书。令狐楚应已读过李商隐的《有感二首》《重有感》，他写下这些文字时，是不是有意无意地在对李商隐那些诗句进行应和。

有些错事，虽然世人禁口，不敢言论，但这些事终究还是错的。譬如指鹿为马，众人唯唯诺诺之中，那鹿便可以真的成为马么？

令狐楚慢慢地叙述，李商隐静静地听着。虽然晚了些，但李商隐终究还是从自己恩师的身上，看到自己的愤懑与悲啸是没有错的。

11月12日，天色阴沉。令狐楚对令狐绪、令狐绹说：吾生无益于人，勿请谥号。葬日，勿请鼓吹，唯以布车一乘，余勿加饰。铭志但志宗门，秉笔者无择高位。

他说：我这一生未做有益于人之事，死后，就不要请谥号了。埋葬那天，也不用请人一路鼓吹。就那样一辆布车，勿加装饰，简简单单地将我送至长安。将来，墓志上只须写上姓名、籍贯即可。墓志铭也不必选用高位之人书写。说完，令狐楚与家人一一告别，从容去世。

12月，李商隐陪同令狐兄弟护送令狐楚的灵柩一路返回长安。

经过汉水与嘉陵江之间的分水岭时，李商隐遥想起追随令狐楚的时光。从17岁至25岁，8年时光，他深受恩顾，但现在恩师已逝，不复相见，今后的路该如何去走？

站在高岭之上，他看着不舍昼夜的逝水，不禁一片茫然。于这苍茫的悲思中，他写下《自南山北归经分水岭》：

水急愁无地，山深故有云。

那通极目望，又作断肠分。

郑驿来虽及，燕台哭不闻。

犹余遗意在，许刻镇南勋。

李商隐隐约觉得，令狐楚之死将成为他命运的分水岭。但他不明白这将是怎样的一次分途？曾庇护着他的那棵苍郁巨木轰然倒塌，今后，他必须直面风雨雪霜。人生的种种悲伤本是避无可避、躲无可躲的。

　　继续前行，南下大散岭，北济渭之滨，一路扶柩，向北而归。

　　即将抵达京城时，李商隐于伤郁中又写下《行次西郊作一百韵》。这是《有感二首》《重有感》的延续，却更为开阔与厚重，李商隐用脚步丈量着有唐一代的百年史实。将杜甫《自京赴奉先咏怀五百字》和《北征》的丰富与宏大，做了进一步弘扬。

　　其实，一个朝代的兴衰，从纵面来看，脉络历历可寻。但你若身处这兴衰之中，则只能由横面从地域上的繁荣与衰落来归纳了。

　　　　高田长槲枥，下田长荆榛。

　　　　农具弃道旁，饥牛死空墩。

　　　　依依过村落，十室无一存。

　　　　存者皆面啼，无衣可迎宾。

　　良田荒芜、村落成墟、百姓穷困。李商隐哀戚地看着眼前没落与颓败的一切。如何遏制这颓败，振奋这没落？他苦苦思索着。在思索中，他想起自己的匡国之志，自己的欲回天地之心。在思索中，李商隐从甘露之变的哀叹中走出，他所着眼的是唐一代百年的盛衰。

　　可惜的是写完《行次西郊作一百韵》后，因仕途上屡受压制，政治上一事无成，李商隐的一腔激昂终究飘散于晚唐的凉凉暮风中。而《行次西郊作一百韵》亦成为他诗文创作的一道分水岭。

　　就这样，李商隐的人生河道和诗文溪流转入灰暗。

千年以后,当我们低吟着"此情可待成追忆,只是当时已惘然"或"身无彩凤双飞翼,心有灵犀一点通"这些华美精致的句子时,渐渐忘却了李商隐曾写下的那些低昂、悲啸、充满匡国之愿的宏陈诗章。

第九节

密锁重关掩绿苔

房中曲

蔷薇泣幽素，翠带花钱小。

娇郎痴若云，抱日西帘晓。

枕是龙宫石，割得秋波色。

玉簟失柔肤，但见蒙罗碧。

忆得前年春，未语含悲辛。

归来已不见，锦瑟长于人。

今日涧底松，明日山头檗。

愁到天池翻，相看不相识。

正月崇让宅

密锁重关掩绿苔，廊深阁迥此徘徊。

先知风起月含晕，尚自露寒花未开。

蝙拂帘旌终展转，鼠翻窗网小惊猜。

背灯独共余香语，不觉犹歌起夜来。

"往日的春光里，一个唐朝女子剪去善舞的长袖她说；青丝，青丝啊。"

事实上，李商隐的妻子王氏虽出身书香门第，一生却清贫自守。这样旖旎的时候很难见，也很难安放到她的身上，可是，我却总会这样想到她。

对于她和李商隐的感情我十分好奇，她们结婚 14 年，但是真正在一起大约只有 3 年，这期间多数时候李商隐都是漂泊在外的。一个男人再怎么温柔体贴，情怀旖旎，可是不能相守也是枉然。自己体会到的温柔，和众口传说里的风情到底是两个样子。而且因为与她结合的缘故，他从此深陷于"牛李党争"的泥沼，半世沉沦，心事郁积，回想往事有没有一丝怨懑与悔意呢？作为他的妻，曾经的世家小姐，这十多年的甘苦自守，又有多少美满与甜蜜可言？

在生前，王氏的形象是非常模糊的，甚至是残缺的，李商隐很少在诗中直接书写他与王氏的生活。那首著名的《夜雨寄北》实际上是在王氏死后才写的，所寄的人也并不见得就是王氏。只有在王氏死后，李商隐才频繁提到了"亡妇"。李商隐那些著名的无题诗与爱情诗中，很难说有多少形象是与王氏重叠的，"分曹射覆蜡灯红"是与妻子在一起么？又有多少是与王氏"心有灵犀一点通"呢？

早在与她结婚之前，他便有了终生不忘的恋情。

　　而她是他的妻，她所守的不过是一个清贫而简朴的所在，是他千里奔波后，可以投奔、可以休憩、可以酣睡的地方。她出身世家，性情温柔，守着这样的生活，她是否有怨言，她是否知道丈夫的心始终在她无法触及的远方？

　　丈夫诗名远播，有没有人取了他的新诗来给她看，会不会有人同她来细说？她出身书香门第，想必是读过书认得字的，丈夫的那些诗，那些为其他女人而写的深情与纠结，她能读得懂么？她会拿自己去和那想象中的女人作比较么？那些睡不着的夜，她如何等待黎明到来？

　　也许她什么也不会问，只将一切默默地放在心中，在没有他的夜里，想象着他的行踪，想象着他此刻的样子，然后也把另外一个女人的形象翻来覆去的念叨着。那些诗中的眷恋与深情，她当然读得懂，甚至都不需要文字，单是看着他背影的寥落，她也能够懂得。女人的心天生敏感，不是那个人的心不在自己这儿，而是他早已将最深最烈的感情给了别的人。于是，在没有他的时候，也许她也会为自己青春里的一线幽光轻叹一口气吧。

　　大中五年(公元851年)，卢弘正病逝，李商隐不得不返回长安，而彼时，他的妻子王氏已病入膏肓。就在李商隐踏上归途，向长安进发之时，王氏双眼渐渐闭合。没有人知道，她心里在想什么，也没有人知道她对这个世界怀着怎样的留恋。丈夫远在异地，娇儿痴小，这样匆匆离去有太多的不舍与不甘。待李商隐回到长安时，王氏已然离世，只留下娇儿弱女。辗转伊人，从此阴阳相隔。

　　此时正是暮春时节，园中各种花木葱葱郁郁，并不顾及伤心人。蔷薇花的颜色极为娇艳，开在浓碧的底子上，如锦缎般耀人眼目。而如今，没了那携手观花的人，再娇俏的花也似噙着泪滴，引得人越发悲不自胜。

娇儿尚且年幼，并不懂得世间悲伤，仿佛不知世事的云彩，只晓得依着日影睡不停。

床帏低垂，簟席铺展。妻的枕是龙宫宝石做成的，光可照人，仿佛秋波之色，只是那曾躺在上面的女子却已不见；小窗斑驳，铜镜幽暗，曾临镜梳妆的女子却已不见；锦瑟清冷，琴弦蒙尘，如今琴还在，那弹琴的女子却不知去了何处。家里处处都是旧物，走到哪里都能看见那人的影子，就连空气中似乎也还留着她颈项里微微的香气。

忆得前年春，未语含悲辛。王氏死亡时的前年春天，李商隐赴京。离别时，王氏已然有病在身。现在回想起来，当时她不曾开言便满眼悲辛，或许就是在怕这一天吧。闭上眼睛，仿佛又看见她当时的表情，略带苍白的脸上，黛眉低蹙，牵住他的手，无限依依，可是到底也没再说什么。"四月十七，正是去年今日，别君时。"谁也想不到，这一别，便从此阴阳两隔。

"今日涧底松，明日山头檗。"黄檗味道最是苦涩，古人常常拿来喻相思。李商隐从悲痛中回过神来，想到眼前的自己，一生郁郁不得志，眼下更是雪上加霜。都云黄檗苦，这苦味怕也只有自己体味得最深沉。昨日已去，今日愁极，最最难堪的却是茫茫来日，这样的日子要怎么才能捱过去？只怕真到了天翻地覆再相见的时候，你也会不认得我吧。

也许正是王氏之死，才真正让李商隐体会到了曾经的深情与厚意，忆起相守的宁静与温柔。感情永远都是这样的，再华美的开头也会在天长地久的厮守中损耗，到最后，连自己都忘了开始的美好。

自己对得起妻子吗？不知道李商隐会不会这样想。毫无疑问，他是爱她的，可是这爱和那种甘愿燃烧殆尽的浓烈感情始终有所分别。正如师太所说的：婚姻归婚姻，爱情归爱情，是两码事，不可混为一谈。婚姻是柴米油盐酱醋茶的日子，是贫贱夫妻百事哀；爱情是花朝月夕的耳鬓厮磨，是通宵语不息。只是，在漫长而悲苦的现实面前，不管是婚姻还是爱情都经不起磨损，到最后，往事只能回味。

丧妻后，李商隐的悲伤是如此绵长。而他又是惯于在悲痛和追忆中沉湎的，生计艰难再加上来日的无望，使得他更固执地守着悲苦，不肯离去。直到几年后再回到岳父在洛阳的旧宅，李商隐还忍不住提笔写下了《正月崇让宅》：

> 密锁重关掩绿苔，廊深阁迥此徘徊。
>
> 先知风起月含晕，尚自露寒花未开。
>
> 蝙拂帘旌终展转，鼠翻窗网小惊猜。
>
> 背灯独共余香语，不觉犹歌起夜来。

这里是他和妻子曾经住惯的地方，如今破败不堪，守着一盏孤灯，自己想的却是当年的私语和闲话，甚至还不觉唱起了当年唱过的《起夜来》。

可是，那首小曲在急急流年，滔滔逝水后，唱起来还是从前的调子么？

溪·花烛

今日，刚参加一场婚礼回来，耳边似乎还回响着那满庭的喧哗之声。

新郎西装革履，笑容可掬。新娘婚纱洁白若雪，长长的裙角拖曳在地。交换钻戒，允下相守一生的誓言

我静静地坐在下面观看，恍惚间想起千年前唐朝的一场婚礼，那是

李商隐和王氏的婚礼。

那时,该也是这般喧哗与喜悦吧。李商隐与王氏被红丝结牵系着拜堂,入洞房。待夜深人静,喧嚣过后,李商隐慢慢揭开蒙在王氏头上的红盖头……

虽历千年,总该有些事情是不会改变的,比如相爱之人终结连理的喜悦。

那是唐文宗开成三年(公元838年),26岁的李商隐赴泾原,入泾原节度使王茂元幕府。不久,王茂元因爱惜李商隐的才华,便将最小的女儿嫁与他。

我遥遥地想着,婚礼过后,他们的生活该是怎样的呢?

是否充满使人轻笑亦使人微忧的美好?虽然他们离多聚少,但他们在一起时,努力经营着属于两个人的美好与快乐生活。那点滴、琐碎、细小的美好与快乐,不禁让人神往。

花烛之夜,他们是否闲话至天明?

漏三更,夜渐深,他们静坐灯花影下,彼此相对。王氏梳着堕马髻,一身红纱嫁衣,以团扇遮面,待扇放下,便露出清丽无比的容颜。而李商隐亦着红衣,俊秀面容上写满幸福。他们闲闲聊着,随即提起去年曲江宴上,杏花树下,那惊鸿一瞥。

王氏是否会轻点着李商隐的额头笑他,那时他对她已情根深种。而李商隐则反唇相讥,说:我情根只种了半铢,而你却是一两。春宵一刻值千金,因而他们不愿在睡梦中度过。他们就那样牵着手,或长或短地闲聊着,尚未觉察,木窗之外瓦檐之上的浅月已昏暗西斜,天渐亮,丫鬟已在门外悄声低语催促新妇起床梳妆。

王氏是否曾为李商隐制作诗笺?

　　一如蜀中薛涛那般，将红色花瓣用玉手细细捣碎，添加些许清水，搅匀，然后用笔反复涂抹到白纸之上，再撒上若干碎碎花瓣，用宽而薄的木板夹压，放置阴凉处风干。待彩笺做好，便将李商隐写就的锦绣诗文，一篇篇录于其上。

　　李商隐是否曾为王氏制作彩衣？

　　李商隐闲来无事，便将王氏那件素净的衣裳一枝一枝地画满梅花。待她穿上，满身便绽放出清丽白洁的花朵，远远望去，宛若绿萼仙子翩然舞于尘世。至暮春，王氏长袖凭栏，朵朵寒梅，傲雪凌霜，二人浑然不知春将去。

　　他们是否曾于黄昏时出游？

　　待将清溪游遍，山花看遍，兰质蕙心的王氏会不会将携带的木琴安放山石之上花簇之中，为李商隐弹奏一曲《梅花三弄》。琴曲之中，暮云四起，涧水轻鸣。两人遥遥相对，便忘却尘世间烦恼无数。待一曲奏毕，他们携琴归家时，素月已静挂杨柳枝上。

　　他们亦该为一次次的离别而悲伤吧？

　　李商隐于旅途酒醒之后，已是五更天，他轻唤着王氏，然后转身，却看见身旁空空的枕，那一刻，他是否充满莫名的惆怅。他或许想着：此刻，深闺佳人在做何事？而深闺佳人却一夜不眠，对月牵念着远行之人，蘸着清冷的月光，她写下一行行思念的诗句。

　　王氏是否曾于暮春时，看着一院落花，满怀伤感，然后捡起一片片零碎的花瓣在地上砌字。死生契阔，与子成说。执子之手，与子偕老。她将千年前那些美好的诗句一句一句砌下，希翼着可以和李商隐携手共度尘世美好，任霜落发间，苍苍青草长满膝间。但她尚未砌完"偕老"二字，便有轻风袭来将花瓣吹去，零落一空。

是不是所有美好的期许，最终都将成空。更或许，王氏砌下的是李商隐写给她的那些美丽而忧伤的诗句吧。王氏身体不好，李商隐是否曾在王氏生病时，彻夜不眠地照顾她。拉着她的手，一次次低低呼唤，希望可以为她减缓病痛。

　　不愿意依恃王茂元，他们的生活是清贫的。在这清贫中，他们亦能安居而乐。李商隐喜欢与友人纵谈时事。可激扬世事，需要以酒为佐。待到他们兴至意飞，却发觉酒资不够，王氏是不是亦会拔下玉簪，让侍女去换酒呢？

　　李商隐应该非常喜欢和王氏下弹棋吧？弹棋，那究竟是怎样的一种游戏？当王氏快输时，是不是亦不肯认输，顽皮地搅乱棋局？

　　他们会煮茗木樨花树下么？李商隐随手折下一枝繁密的花，插于王氏乌黑的发间？花笑人亦笑，然后李商隐走近走远地慢慢欣赏。

　　他们是否曾跪于月前，许下诺言，愿生生世世，永结同心，不离不弃？我不知道李商隐与王氏之间，会不会有这些琐碎的美好。其实，上面这些美好、这些忧伤，俱是清代蒋坦在《秋灯琐忆》中所记录的他与妻子秋芙之间的故事。

　　我相信李商隐与王氏亦是如此。正是因为有了这些琐碎的美好，王氏去世后，李商隐才那样伤悲，那样哀戚。

　　李商隐是那样深深地爱着王氏。

　　有时候想想，便觉得畏怯。有今日浓浓的喜乐，才有明日重重的悲伤。喜乐愈深，则悲伤愈刻骨。人的一生就是这样兜转在喜怒哀乐之中。《秋灯琐忆》中，秋芙说：

人生百年，梦寐居半，愁病居半，襁褓垂老之日又居半，

此情可待成追忆

所仅存者十一二年耳。

我们便是用这十之一二的欢乐，支撑起整个人生吗？其实，即便有怒有哀有忧愁，但只要生命之中曾有那么一小节浓浓的亮丽的喜乐，那么这一生亦是值得的。

第十节
夕阳无限好

乐游原

向晚意不适，驱车登古原。

夕阳无限好，只是近黄昏。

这首诗，自幼是背熟了的。"夕阳无限好，只是近黄昏"这句，亦屡屡用在文章中。

人有惯性，读熟的词句，反而很少去细细体味其中涵义。就那样信笔由之，信口说之，其中沧桑的味道，便渐渐在笔下磨平，在口中说淡。

然后，某一天，或许是一件小事，或许是一幕山景，勾起了某种思绪，这思绪蔓延着，流溢着，又勾起早年间读熟的那些诗句。

诗句还是极熟的，但这熟悉中掺杂了一份陌生。似乎是旧友换了新装，光灿灿地出现在你面前，你左看右看，才认定是熟悉的他。但这左看右看的犹豫，便是熟悉的他带给你的不熟悉的感觉。

我认为，能够真正解读某首诗，是需要时间和机遇的。

宋代禅宗大师青原行思提出参禅的三重境界：参禅之初，看山是山，看水是水；禅有悟时，看山不是山，看水不是水；禅中彻悟，看山仍然山，看水仍然是水。

读诗，大概也是如此。那些诗句，白纸黑字，明明白白地放在那里，你尽可以去读，即便有不认识的词句，参照着注解，翻阅着工具，理解七八分，并非难事。但读完，若真想读懂，则需撇开那字那词，去诗外，去人生和世事中探寻。

初读李商隐的《乐游原》，我也是这样，只是顺着诗意走：临近暮晚，那个男子意趣不宁，便驱车前往乐游古原。站在齐膝的荒草中，他极目西眺，夕阳下，长安城阙笼罩在一片霞光之中，恍若仙境。夕阳落到他的衣衫间，亦添了几缕灿亮。但他眉宇是皱着的，因这无限夕阳，转瞬即逝，不可挽留。待到夜色降临，一切便沉入黑暗之中。

初读，便是这样的一幕场景浮现在我眼前。我能读出夕阳易逝，能读出哀婉无限。但至于诗人为何哀婉，为何感伤，却说不出来。

待到年岁渐长，少年的热血流干淌尽，面容上有了千疮百孔的沧桑之后，再读这首诗，别是一番滋味。

那男子分明是满身沧桑，站在那里观看夕阳的。夕阳确实易逝，但这属天地常律，难挽难留。所谓感叹时光难留，无非是感叹自己已步入暮年却仍一事无成。用极绚烂的霞光反衬自己的没落心绪。

当然，除去自身之叹外，尚有家国之叹。那时是晚唐，旧日的繁盛渐成回忆。今日的华丽，已包裹着衰落与颓败。

读诗，是以自己的情绪去贴近词句，自身不能体味的情绪，是怎么贴都贴不上去的。纪晓岚在《玉溪生诗说》中，曾评价这首诗："百感茫茫，一时交集，谓之怨身世可，谓之忧时事亦可。身世，时事就那样混沌地交融在这片词句中。"

其实，再进一步想，一首诗，短短数十字，真的可以承负这么多？

不过是一道风景，几句词句，多少人便将情绪生生地贴进去，似乎从这诗中，可以凿透人生，可以看穿历史。这何尝不是无趣的文人自我营造的意淫天地。

想到这里，那山还是山，水还是水。"夕阳无限好，只是近黄昏"所写的，或许只是那个感伤的男子在夕阳下的一次远眺而已。

溪·党争

拖延着，迟疑着，磨蹭着，最终还是写到了这里。虽不愿意面对，但亦不得不开始叙述笼罩李商隐一生的乌云：牛李党争。

犀利的韩寒曾在《长安乱》中写过这样一段故事：在茶楼，主角遇到一群人在争论瓜贵还是兔贵，接着代表瓜贵和代表兔贵的两方争吵起来。争吵继而升级，他们抽出武器互相厮杀，而厮杀过程中，很多人却渐渐忘了自己先前的立场。最后，韩寒写道：

　　打到最后，伤的伤，死的死，昏迷的昏迷，全都趴地上了，只剩下一个认为瓜贵的还能站着。那人爬到桌上，要说什么，发现自己打迷糊了，不记得自己的立场到底是兔子贵还是瓜贵了，痛苦不已，突然认出下面有一个被自己打得奄奄一息的家伙，于是想到如果问那人是什么立场，自然就知道自己的立场了。便一步跨上前去，揪住那人，问：兔子还是瓜？那人本来立场是兔子贵，看见仇人又来了，为保一命，要和那壮士装作自己人，吓得忙改口，说：瓜，瓜贵。那人大笑，一拳打晕那人，又跳上台，对着一地伤员大喊：哈哈，还是兔子贵！

　　这时候，下面有一个手脚都断了的瓜贵人士，认得桌上那人，知道他弄错自己立场了，提示道：兄弟，兄弟，你错了，是瓜贵。

　　后果自然是说话那人被一刀杀了。我和喜乐看得目瞪口呆。

　　读来非常有趣，是吧？韩寒往往可以将复杂的问题，用简单、犀利、幽默的方式表述出来。他常说，他所阐述的不过是常识而已。可在充满偏执、盲目的时代，能够在冷静思考后，得出常识的人是值得敬佩的。韩寒在书中所叙述的瓜兔之争，我始终觉得可以作为一个关于党争的寓言。

　　下面，我简单一叙对党争的认识。

　　最初的分歧是明显的，甲认为丁的政治理念或道德观触犯了自己，因而开始打压、排挤丁。而丁受到打压排挤，极其义愤，便联合戊和己进行反击。

在这种情形下，甲亦开始联合乙和丙进行抗衡。

于是，甲、乙、丙和丁、戊、己在互相搏击中，形成两大阵营。以甲为首，则称之为甲党，以丁为首，称之为丁党。两党在争斗过程中，互相排挤，互相打压，倾轧不休。直到最后，他们已经忘却最初的政治理念抑或道德评价的分歧，而陷入盲目互相攻击。

关于他们失去理性判断陷入盲目的轨迹，亦是可以追寻的。

党争一旦形成，随着斗争趋于激烈，情绪便已形成：凡是甲党的人，丁党则除之而后快。凡是丁党的人，甲党则仇恨有加。

这一切，便如韩寒所叙述的那样，其实无人在乎究竟是瓜贵还是兔子贵。

争吵、厮杀之中，排斥情绪已根植于他们的心脉。此时，他们并不需要理性分析，只是凭感觉出手。斗争继续扩展，原本游离于甲党和丁党之外的无关人员亦被卷入，黑与白之间的灰色地带渐渐被抹煞，界限变得清晰明了。此时，新的情况发生：凡不是甲党的人，则是丁党。凡不是丁党的人，则是甲党。

其实，从某些方面看，牛李党争亦是这样的，发展脉络如下：

起因：元和三年（公元808年），牛僧孺、李宗闵在制举对策时批评时政，得罪宰相李吉甫，因而久久不得授官。考官杨于陵亦被贬出。自此，揭开党争序幕。

发展：元和九年（公元814年），李吉甫去世，牛僧孺、李宗闵得以重见天日，入朝任职。

延续一：长庆元年（公元821年），李宗闵女婿苏巢进士及第，而李吉甫之子李德裕深怨李宗闵讥切其父，与翰林同僚元稹、李绅附合宦官段文昌，举发考官取士不公。最后，考官钱徽和李宗闵都被贬出。李宗闵心怀愤懑。

延续二：文宗皇帝登基之后，李宗闵在宦官支持下，被拜为宰相，遂将李德裕贬为西川节度使，同时，引牛僧孺入朝为相。

延续三：自此，以牛僧孺、李宗闵为首的牛党和以李德裕为首的李党开始了刀光剑影，互相攻讦。文宗一朝时，牛李二党每逢朝廷议政，便争吵不休，相持不下。文宗曾慨叹：去河北贼（藩镇）并非难事，但想除去朋党却真的很难。

延续四：武宗皇帝之时，与李德裕有关的宦官杨钦义为枢密使，李德裕自淮南节度使入相。牛党的主要人物全被贬逐到岭南。

结尾：武宗皇帝去世，李党依附的宦官失败，得胜的一派拥立宣宗。李德裕贬死崖州，牛党诸人入朝为政。不久牛僧孺、李宗闵去世，党争至此基本结束。粗略一算，李商隐的一生几乎贯穿牛李党争始终。

政治其实是最需要理性的，但理性却常常被排除在外。他们膜拜，他们追随，他们却不思考。关于牛李党争的实质，赵剑敏先生在《细说隋唐》中写道：

> 牛李党争，争的是意气，以私愤相互排斥，毫无余地地极力排斥。李党执政，牛党必卷铺盖走人；牛党主朝，李党必被逐出中央。

由此可见，牛李之争并非基于不同的政见。无论李党，还是牛党，多是因为私人关系而相互牵扯在一起。这样的话，冲突中，个人权势与恩怨得失便起到重要作用。粗略一看，无非是两队人马纷纷攘攘地对殴。你给我一拳，我踢你一脚。当然对殴累了，他们也会考虑一下如何治理国家。

因而赵剑敏先生继续写道：

> 平心而论，不管是牛党，还是李党，都有儒家治国平天下的情结，并在他们各自入朝主政期间，对打击藩镇割据，提高中央集权；对清除边患，保持国土安宁；对抑制宦官，加强朝臣地位；对改革弊端，调整国家状况等等，均有各自的建树。然就其态度而言，李党强硬，牛党婉和，由此李党的功业较为辉煌，牛党的事迹较为晦暗。

即便对殴过程中充满私人恩怨、个人得失、权力交换与利益分配，但对殴之余，他们还是做了一些事情的。

据史书记载，李党的政治主张和取得的功绩是胜过牛党的。尤其是李党的李德裕，是被称之为名相的。《新唐书·李德裕传》中颇为惋惜地写道：不然，功烈光明，佐武中兴，与姚、宋等矣。

若非陷身党争，李德裕或许会做得更好。只有明白这些，我们方能明白李商隐被党争乌云笼罩的一生，明白他为何会被认为诡薄无行，为何会被牛党多次打压，仕途坎坷。

而他为何会屡次选择亲近李党，从而与令狐绹产生分歧，渐渐疏远成路人？

下面，就从李商隐应吏部博学鸿词科试，遭谗落选开始说起吧。

古人曾说，人生有四喜：久旱逢甘露，他乡遇故知，洞房花烛夜，金榜题名时。

李商隐25岁进士及第，26岁娶王茂元之女。人生四喜，已居其二。这接踵而至的喜悦，即便是令狐楚之死，亦是无法冲散的吧。

人生宛若随波逐流的扁舟，风急浪高之时，觉得可以飞舞于九天之上，但这飞舞之后，便是低谷。人便是在这起落中前行。

哀怨也好，无奈也罢，这便是人生的常态。如苏轼所期许的那般：惟愿孩儿愚且鲁，无灾无难到公卿。也仅仅只是期许而已，人生不可能如此圆满无憾。

26岁的李商隐是踌躇满志的，他才华横溢，曾先后受到令狐楚、崔戎、王茂元认可。他具备匡国之愿，且政治见识、政治主张亦在多年幕府生涯中形成，该是时候创建一番功业了。

于是，李商隐娶王茂元之女后不久，便入京应吏部博学鸿词科试。但他突然发现，他坠入了一个旋涡，一个令他终身悲苦的旋涡；坠入了一片蛛网，一片令他如何挣扎都无法挣脱的蛛网；坠入了一摊泥潭，一摊令他越陷越深，终究将一事无成的泥潭。

这旋涡、这蛛网、这泥潭便是牛李党争。

按照唐制，进士及第后尚需要经过吏部考试，方能派遣做官。唐文宗开成三年（公元838年），李商隐入长安应吏部博学鸿词科。初试中，他被考官周墀和李回录取，但复审时却被一位"中书长者"抹去，最终落选。

得知落选消息，李商隐的心情该是愤郁的吧。

喜悦若水，希望若舟，层层叠叠的喜悦是可以将希望托高的。已历人生二喜的李商隐，怀揣岳父及妻子的期待，踌躇满志地入京。

离开泾原之时，他已规划好如何在仕途上大展宏图，如何创建一番不世功业。这希冀让他入京的马蹄声亦变得匆急。

他匆匆入京，但世事却若冰雪，劈头将他这满腔的希冀浇冷。

躲在旅舍中，李商隐开始反思：究竟哪里出错了？那时的他应是理不出头绪的，初涉职场的人，亦是如此。他们不知道那看去平静祥和、光鲜亮丽的世界里，究竟存在着怎样的利益纠葛和勾心斗角。

即便想不明白，但失落、愤懑却是真实的在搅闹着他的心扉。他认为秉持才华应博学鸿词科并非难事。但才华是关键么？世间除了才华，还有很多事，比如人情世故，比如猜忌陷害，比如冷漠敌视。李商隐想起了 20 岁时，第一次应进士试。

想想，便为很多诗人悲哀，他们单纯地以为才华才是这个世界的通行证。便秉持才华，孤傲前行。结果却被世情、被人心一再践踏。

天子呼来不上船，自称臣是酒中仙。放达豪迈的李白黯然离开了长安。

致君尧舜上，再使风俗淳。沉郁顿挫的杜甫病死于湘江之上。

我始终记得黄仁宇在《万历十五年》中记述的一则事。

万历皇帝 10 岁时，喜欢书法。一次，他将一幅书法赐给张居正。张居正谢恩领受，但第二天他便启奏皇帝说，陛下在书法方面已取得很大成就，不宜再花费太多精力，因为书法是末节小技。自古以来的圣君明主以德行治理天下，艺术的精湛，对苍生并无补益。像汉成帝、梁元帝、陈后主、隋炀帝和宋徽宗、宋宁宗，他们或是大音乐家、画家，或是诗人和词人，只因为他们沉湎在艺术之中，以致朝政不修，有的还身受亡国的惨祸。

看到这里，我是颇为感叹的。书法是末节小技，诗词是末节小技，绘画是末节小技，音乐是末节小技。在张居正这样的治国之臣眼中，所谓的才华不过是修饰、点缀。治国是需要实实在在的行动的。只有将人情世故——揣摩透彻，利益纠缠——拨转清楚，才可以有一番作为。

但真正的诗人是永远不会做到世事洞明、人情练达的。也只有他们在不明世事中，秉持孤傲、放达、沉郁默默前行，才能流传下来这么多美丽的诗句。

关于应博学鸿词科落选一事，时隔二年后，李商隐在《与陶进士书》中写道：

前年乃为吏部上之中书，归自惊笑，又复懊恨周李二学士以大法加我。夫所谓博学鸿词者，岂容易哉！天地之灾变尽解矣，人事之兴废尽究矣，皇王之道尽识矣，圣贤之文尽知矣，而又下及虫豸草木鬼神精魅，一物已上，莫不开会，此其可以当博学宏辞者邪？恐犹未也。设他日或朝廷、或持权衡大臣宰相，问一事，诘一物，小若毛甲，而时脱有尽不能知者，则号博学宏辞者，当有罪矣。私自恐惧，忧若囚械，后幸有中书长者曰："此人不堪。"抹去之。乃大快乐曰："此乐不能知东西左右，亦不畏矣？"

文中，李商隐先叙说应"博学鸿词科"之难，需尽解天地之灾变，需尽究人事之兴废，须尽识皇王之道，须尽知圣贤之文，而虫豸草木鬼神精魅这些物什，也应该一一知道。

接着说自己才识不够，虽然被主考官李回录取，考官周墀亦打算授予官职，但他却颇为惊恐，幸而有一位"中书长者"说：此人不堪。并将他的名姓抹去。听闻此事，他非常开心，认为自此以后，即便不能分辨东西左右，亦不会觉得畏惧了。

116

细细读去，可以读出李商隐的悲愤与无奈。

彼时，他不太明白这世界中的利益纠葛，人事缠斗，尤其不明白当时的牛党与李党之间存在着怎样的争斗，所以他的反应充满着逆反的味道。

中书长者轻飘若棉的一言半语，便将他日夜思之的前途不经意地抹去。他评价李商隐：此人不堪。难道真的可以这样不加审辨地否定另外一个人的品行么？

面对这一切，李商隐于愤懑中，反而生出几分凛冽笑意。

因而，他写道：乃大快乐。他写道：归自惊笑。其实，李商隐是悲愤难当的。惊笑过后，悲愤过后，他开始反思，这反思简单而直接。 他想起了 5 年前应进士一事。

原来，他进士及第，亦不过是令狐绹轻轻的一言。

原来，他渴求为国为家分忧做些事情的满腔热血，亦抵不过中书长者只言片语。

权贵者的一言半语，便胜过李商隐书箧里那满满当当的诗词文章。才华不过是点缀，是权贵者茶余饭后的品咂。李商隐所以为的傲世才华，就这样被击溃。

他仅仅只能看清，才华若没有权势支撑，竟是何等的脆弱。但未必能看清楚，究竟是怎样的权势令他遭此冷落？只有当他发现令狐绹突然对他冷淡之后，才会知道被中书长者抹去一事是关联到牛李党争的。才华的背后是不平静的，权势的背后又何尝是平静的，那里隐藏着更为汹涌的博弈与暗流。

而所有这一切的起点，是他入王茂元泾原幕府，娶王茂元之女。

王茂元是亲近李党的，所以李商隐亲近王茂元，便是亲近李党。在这荒谬的逻辑推理之下，李商隐那月白色干干净净的衣衫上便写上了：李党。

他既然是李党，那么便是背叛牛党的令狐楚，便是负恩，便是无行。荒谬的逻辑继续推演，他既然是李党，那么所有牛党的人，便开始冷冷地看着他。可以肆意打击他，可以任意挤压他，可以落井下石。

李商隐便这样不知不觉被卷入党争，渐行渐远。蓦然回首，发现白衣之上已墨迹斑斑。而那斑斑点点的墨痕，是别人肆意的涂抹。

有　事需要简单说明：冯浩和张采田认为李商隐是入王茂元泾原幕，娶王茂元之女后应博学鸿词科的，所以遭到与令狐绹相厚的中书长者诽谤，以致落选。而刘学锴在《李商隐传论》中则认为李商隐应博学鸿词科在前，娶王茂元之女在后。

笔者认为：李商隐是因为娶王茂元之女，亲近李党，才遭到牛党打压，这样推理才比较顺畅。而笔者的朋友则说，或许中书长者是李党，他认为李商隐出自令狐楚之门，亲近牛党，所以才予以打压。

我们都是随口说说，并没有进行认真地考据。但不管如何，牛党或者李党把持的朝堂之中，李商隐是必须戴着一顶帽子进入了。帽子之上或刻上李党，或刻上牛党。

这真是一件令人无奈与悲凉的事。

李商隐去世后，他的挚友崔珏在《哭李商隐》中写道：虚负凌云万丈才，一身襟抱未曾开。世事反复无常，李商隐的凌云之才，便在牛李党争中耗尽，终其一生，不得施展。

青雀西飞竟未回，君王长在集灵台。
侍臣最有相如渴，不赐金茎露一杯。

寻芳不觉醉流霞，倚树沉眠日已斜。
客散酒醒深夜后，更持红烛赏残花。

第十一节
未必圆时即有情

月

过水穿楼触处明，
藏人带树远含清。
初生欲缺虚惆怅，
未必圆时即有情。

唐朝的夜晚到底有着怎样的月光?

　　千年后的我们无法想象当时的情景,只能到诗人的卷册里去寻一缕温柔与慰藉。"过水穿楼触处明,藏人带树远含清"。李商隐看见的月光总是很皎洁,明净而清冷,给暗夜里的一草一木都笼上了清辉。

　　这样的夜里,沐着这样的月色,他孤零零地立着。这时的他虽然才40多岁,却已经显得苍老不堪。这样好的月光他大概已经看过无数次了,春庭里、携手处、羁旅中、愁病里……其至死别后。如今隔着苍茫的前半生再去看这样一轮明月,清辉再美,总是隔了数重的山岳与人事,仿佛跟自己有了点隔膜。夜露初上,有小虫子在草窠里轻鸣,他叹一口气,轻轻道:初生欲缺虚惆怅,未必圆时即有情。

　　世人总是自作多情,总把自己的悲欢离合强加到月亮上,似乎月轮的阴晴圆缺也是生活的起伏与动荡。愁怀中看见一轮新月,忍不住虚怀惆怅,希望它早日变成满月;佳辰时,对着皎皎满月又暗暗欢欣鼓舞,觉得人间天上俱得圆满。其实,这些都是虚空的。月亮自顾自地圆缺,它永远在头顶,那么高,那么冷。都说月中有嫦娥与素女,这样的孤寂,只怕也要耐得住清冷才行吧。

　　这样清冷,这样木然,这样淡漠。此时李商隐的心也如这月轮一般,清明皎洁但却冰冷难亲。月亮哪里顾得上世人幽茫细碎的悲欢呢,月亮自己的心也碎在了岁月洪荒中。

　　李商隐的一生,短暂而又坎坷,虽然怀着力挽狂澜的大志,可是到底还是被时代之轮碾做了微尘。暗夜里看看,唉,这一生啊,成为持笔文书的幕僚,总是随着东西流水,到处漂泊。这样的时代,这样的生活,虽说未离朝廷与庙堂,可到底是在政治的外围与底层,连真正属于自己的声音都无法发出。世事动荡的时候,个体被裹挟在命运的洪流中,根本无法去呼喊去挣脱，只能在无数次的寂寞与困苦中，将一腔心事和志愿抷平又折起，放在某个角落。又或者化作晦涩而绝艳的诗，世人单看见诗句表面的幽艳与华美，却从不懂其中的凄厉与孤愤。

如今时代没落了，自己的人生也过去大半，眼看即将走到尽头。故旧反目、半世碌碌、妻子早逝、骄儿弱女寄人篱下……只有这一轮明月还在头顶，木然而沉默地看着。

溪·背恩

李商隐感觉到了令狐绹的冷淡。再后来，他听说了令狐绹对他冷淡的因由：背家恩。

何谓"背家恩"？便是背弃对他栽培有加的令狐楚，而去投奔与李党亲近的王茂元。

关于此事，《旧唐书·李商隐传》上的记载是：

> 商隐既为茂元从事，宗闵党大薄之。时令狐楚已卒，子绹为员外郎，以商隐背恩，尤恶其无行。

《新唐书·李商隐传》上的记载是：

> 王茂元镇河阳，爱其才，表掌书记，以子妻之，得侍御史。茂元善李德裕，而牛、李党人蚩谪商隐，以为诡薄无行，共排笮之。

关于这一点，新旧唐书记载很一致。李商隐背恩，李商隐诡薄无行，因此令狐绹疏远他排斥他。

这是很悲凉的事情。他们只紧紧盯着李商隐背上是刻着牛字还是李字，却根本不去关注这个男子的匡国之愿、欲回天地之心。

余秋雨先生在《行者无疆》自序中，有一段关于欧洲文明与中华文明的对比。他写道：

> 欧洲文明值得我们仰望的地方很多，例如，中华文明倡导"中庸之道"几千年，至今还经常为"非此即彼"的极端性思维互损互耗。欧洲文明为什么反倒能把古典传统和现代创新、个人自由和社会公德融会贯通？更羡慕街边咖啡座里微笑的目光，只一闪，便觉得日月悠长、山河无恙。

中华文明倡导"中庸之道"几千年，至今还经常为"非此即彼"的极端性思维互损互耗。确实如此，令狐绹的思维逻辑便是证明。他狭隘而单纯地用非此即彼的二维思维推断李商隐。结论是：令狐楚尸骨未寒，李商隐便入泾原幕，娶王茂元之女，是背负家恩。这一结论宛若双刃剑，既刺伤李商隐，亦刺伤他自己。

于这伤痛中，他开始疏远李商隐。而面对令狐绹的冷漠，李商隐该做何想，又该如何去做呢？自己背负令狐楚之恩了么？难道入泾原幕，娶王茂元之女便是背恩？

李商隐痛苦地思索着。渐渐地，他终于看清了那隐藏在朝堂之中的暗流：牛李党争。

至于李商隐是否背恩，属于李党还是牛党，这关系到李商隐的人品问题，所以历代议论者非常多。有几种观点，简单一录：

朱鹤龄在《义山诗集注》中认为：李商隐属于李党，且李商隐背弃牛而亲李是明智的行为；冯浩在《玉溪生年谱》中认为：李商隐不属于任何党派；柳文英在《谈李商隐的风貌》中认为：李商隐是晚唐官僚集团内部矛盾斗争中不幸的牺牲者，且李商隐和牛李党争实在没有什么关系。

吴调公在《李商隐研究》中有一节《李商隐无关乎牛、李党争》专门论述此事。他认为：李商隐受知于令狐楚，只有文字之交、师生关系，即便通婚王茂元，也并未借机走上终南捷径。后来，他参加长安吏部考试，以书判拔萃重入秘书省，也找不出有党人汲引的迹象，而终武宗一朝，李党得势，李商隐也似乎并没有利用李德裕等人的奥援，因而说不上朋党的联系。他对党人的态度，是无所偏袒的。

我基本上同意吴调公先生的意见。

牛李党争中，我始终认为李商隐是一只单纯而无辜的羔羊。他低头觅草，闲步山野，但无意间，踏入了双方交战的阵地。于喧嚣声中，他仓皇抬头，却看见了一空箭矢。

不管如何，一生纠缠于党争的李商隐，已经开始反思。这种反思，将会贯穿他的一生。

他将开始反思与令狐楚的关系，反思与王茂元的关系，反思与令狐绹的关系。在这迷宫般的种种反思中，他将越来越明白党争的实质。哪个是应该坚持的？哪个是应该放弃的？

他有过懦弱，有过褊狭，有过倨傲，有过犹疑，有过矛盾。但他却始终未曾放弃一些东西，比如说匡国之志、欲回天地之心。但，在这样逼仄狭隘的政治环境中，无论怎样宏伟崇高的志向，也注定只能是一出悲剧。

好吧，即便背负着"背恩"之名，李商隐仍需继续前行。

其实，若将眼光放开，人的一生很长。但总有很多人将一时的羁绊，拉长为整个生命的阴影。哀伤着，沉溺着，不肯稍离片刻。

当然，并不是说李商隐不肯离开牛李党争这片阴影。而是他的匡国之志使他无法避开这片阴影。

那该是暮春时节吧？李商隐应博学鸿词科落选之后，于黯然之中，踏着落花离开长安，回到泾原。幕僚生活一如既往，忙碌而单调。某日，偷得半日闲，李商隐信步登上安定城楼。

站在城楼之上，放眼望去，汀渚田畴，杨柳成荫。

这色彩是浓郁的，是天帝精心涂抹下的锦绣篇章。但这色彩亦是匆急的，你稍有失神，它便已悄然离去，待回醒，远远的天际，仅剩下那归鸿般远逝的影迹。浓郁也好，锦绣也罢。此时的李商隐是无心细细领略的。这景致，只能惹出他一腹凄凉。流年暗度，青春易逝，而他却一事无成。于这无尽凄凉中，李商隐凭风而立，轻轻吟出千古名篇《安定城楼》：

> 迢递高城百尺楼，绿杨枝外尽汀洲。
> 贾生年少虚垂涕，王粲春来更远游。
> 永忆江湖归白发，欲回天地入扁舟。
> 不知腐鼠成滋味，猜意鹓雏竟未休。

他期待着，能够创建一番功业，待功成名就之后，便利剑归鞘。顶着斑斑白发，泛舟于五湖四海。橹声摇月下江南。到那时，他回顾这圆满无憾的一生，眼眸中该是贮满浓浓笑意的吧。

但人生可以如此舒展，如此畅意吗？

历史是蹊跷难解的，纵有绝世才华，它亦可以将你摔落成泥。而你不名一文，亦可被推搡着拉扯着登上风云巅峰。在这角角落落俱散发着腐朽味道的晚唐，李商隐的万丈才华怎能开出明丽绚烂的花朵？他的凌云之志终被深深掩埋。

李商隐在泾原幕府时，受到王茂元的善待。

王茂元，河南濮阳人，曾任岭南节度使，因为欣赏李商隐的才华，他将第七女下嫁李商隐。曲江游宴上，他曾见到这个于一席喧嚣中拥有沉静面容的男子。后来，知道李商隐曾写下《才论》《圣论》，誉耀洛阳。再后来，他读到了《有感二首》《重有感》这些诗篇。从这些沉郁激愤的文字中，他读出了李商隐的焦灼，不甘沉于凡俗，欲创建一番功业之心。

关于王茂元，李商隐曾在《重祭外舅司徒公文》中写道：

> 往在泾川，始受殊遇。绸缪之迹，岂无他人？樽空花朝，灯尽夜室。忘名器于贵贱，去形迹于尊卑。语皇王致理之文，考圣哲行藏之旨。每有论次，必蒙褒称。

两个人就那样，在花前，在灯下，把酒言欢，纵论古今。王茂元并不把李商隐当下属看待，他待他极亲切。有时聊到尽兴之处，往往忘记夜色已深，待到烛泪流光，满室灰暗，才相对一笑。而李商隐评点古今人物，论述治国之理，偶尔说出一两句切中肯綮的话语，王茂元皆赞赏有加。

在王茂元面前，李商隐是轻松的，但从这轻松中，他又读出了一份沉重。这沉重是王茂元对他的期许。

王茂元希冀着眼前的青年可以做出一番大功业。在这没落的晚唐，谁才是可以开创中兴局面的勇者智者？王茂元或许是寄厚望于李商隐的吧！

不管如何，与王茂元于花朝灯下的这些闲话，令李商隐忆起令狐楚及崔戎，他们是如此相似。李商隐与他们相遇时，他们年岁已高，经历了人生的起起落落，曾经拥有的激情已渐渐散落。但从李商隐身上，他们又看到了那虽微薄却依旧在燃烧着的激情。

李商隐在这期许、希冀中，渐渐变得不安。

即便是妻子的温柔体贴，亦无法将他羁留。27 岁的他终究还是渴求着出入朝堂，做出一番可留名青史的功业。站在泾原的街道上，他遥遥地看着长安，目光焦灼。

唐文宗开成四年（公元 839 年），李商隐入京应吏部书判拔萃科试。此次，他顺利通过，终于释褐为官，任秘书省校书郎。秘书省校书郎，正九品上阶，是个清职。因为接近中央宰辅，若有人提携，不难升任翰林学士、知制诰等要职。此时，李商隐是喜悦的，他认为笼罩自己的乌云已经拨开。

其实，每次写到李商隐欢乐之时，我都觉得难受。已经知道他人生轨迹的我们，自然明白下一步他又将接受命运的捶打。他的喜悦短暂得如同夏日的阵雨，匆匆而来，不消片刻，便云消雨散。那浓重的喜乐，短暂得让人觉得虚幻。而李商隐也只能在这虚幻中，获取片刻安宁。

李商隐的悲剧，或许便在于这短暂而浓烈的喜悦。

这喜悦宛若秋花，不及彻底绽放，便被风霜击落。命运之神对李商隐是苛刻的，他为他调制的人生之酒，仅放半克喜悦，便接着用十升悲伤稀释。

李商隐脸上的笑意尚未消散，打击便来了。秘书省校书郎上任未到4个月，李商隐便被调为弘农尉。弘农属河南道虢州，离长安 430 里。在李商隐眼中，这属于关外，而他是耻居关外的。

关于为何会被调补，李商隐在《与陶进士书》中写道：

> 寻复启与曹主求尉于虢，实以太夫人年高，乐近地有山水者；
> 而又其家穷，弟妹细累，喜得贱薪菜处相养活耳。

因为母亲年高，而虢州山水秀美，可以让老人颐养天年。因为家穷，弟妹细累，而虢州柴米蔬菜便宜些。所以，他请求曹主将他外放为尉。

李商隐所说的这种种理由，不过是托词而已。他满怀欣喜，急急地入长安，是想做出一些事情的，而不是为了再外放虢州，去做一个拜迎官长，鞭挞黎民的县尉。这一切，追索到背后，无非还是朋党之争。已被牢牢贴上李党标签的李商隐，终究无法置身事外。

我认为，李商隐是颇为自许的，他不欲置身党争，亦不想卷入这些纷争。他只想安安静静地为国为家做些事情。但这朝堂是浑浊的，而你却想出污泥而不染。在黑与白之间，没有人可以独树一帜而不受打压。

既然秘书省不能继续待下去了，那么便去虢州吧。李商隐心中一片惆怅。

他离开京城时，恰好知悉曾同在令狐楚府中为幕僚的朋友要调入长安。李商隐高兴之余，生出无限凄怆，他挥笔写下《喜闻太原同院崔侍御台拜兼寄在台三二同年之什》一诗相赠。其中有这样一句：鹏鱼何事遇屯同？云水升沉一会中。

李商隐黯然离京，而崔侍御却欣喜入都。人生的际遇真是变幻莫测。一若鹏鸟，飞翔于天；一如游鱼，将沉水底。在茫茫云水之间他们相会的时候，该怀着怎么样的心绪？

　　写完这首诗，李商隐怅然离开长安。

　　走出厚重的城门，他再次回望着青石筑构的古城，难道这里真的没有自己的容身之地。许多年前，他便将这里作为一展翅翼的地方。而当他终于走近了它，它却将他远远地放逐。4个月，仅仅4个月，人生便有了这样的转折。

　　自喜悦到悲凉，从来就是很短暂的事。

　　我还是会回来的。李商隐暗暗对自己说。然后轻整衣衫，朝虢州方向行去。

第十二节
一生无复没阶趋

任弘农尉献州刺史乞假归京

黄昏封印点刑徒，愧负荆山入座隅。

却羡卞和双刖足，一生无复没阶趋。

楚国人有个叫卞和的人，在荆山发现了一块的璞玉，于是拿去献给楚武王，负责治玉的官员说是石头，武王大怒，砍断了卞和的左足。

　　等到武王驾崩，文王即位，跛了一足的卞和又去献玉给楚文王。这一次，玉官还是同样的答案。楚王的脸色也如石头一般硬而冷。卞和又被砍去了右足。

　　到成王继位的时候，卞和已只能匍匐于野，献玉的心却始终不死，于是怀抱璞玉而悲泣。等眼泪都流尽了，便以血来继。终于，成王派来了人。璞石剖开，果然得了一块美玉，便是后世令秦国要拿十五座城池来换的和氏璧。

　　古人提到卞和泣玉，往往悯其双足被刖，同情其信而见疑的命运。李商隐却反其道而用之，不恨当局者不查，反而羡慕卞和被砍去了双足，从此终其一生不需再趋附朝廷。

　　开成四年（公元839年），也是在一个明媚的春天，林花正红艳无匹，黄莺恰恰，暖风熏软。李商隐入京应吏部书判拔萃科试。不像以前的坎坷与艰难，这一次倒是顺利得授秘书省校书郎。虽然官阶不算高，但很有发展前途。

　　然而令他没想到的是，他这个秘书省校书郎上任未到4个月，便急急被调任弘农尉。弘农属河南道虢州，离长安430里。而弘农尉与校书郎相比较，区别有如云泥。

　　县尉是掌管一县治安，负责缉捕盗贼的官位，在唐朝一直不受重视。做过封丘县尉的高适曾经写诗描述过这个职位：拜迎官长心欲碎，鞭挞黎庶令人悲。一方面要周旋逢迎上面的长官，另一方面又为他们欺压老百姓的行为感到气愤。顾介正直、有一定抱负的人在拜迎官长一事上都不堪忍受，何况是去欺压悲惨的百姓？所以李商隐才会在诗里这样写："黄昏封印点刑徒，愧负荆山入座隅。"封存官印与清点囚徒都是县尉的分内工作，可是李商隐在做这些的时候，心里想的却是愧负这正对座隅的苍翠荆山。他的心里到底还是不忿的。这样的差事也实在不合李商隐的性情与志愿。

弘农属河南道虢州，在黄河南岸。地处长安洛阳之间，离长安430里，离洛阳553里，属于函关旧址，一直是兵家必争之地。常年战乱，再加上生活贫苦，这里百姓开始反抗，而官府则对此进行了残酷镇压。李商隐在任时出于对百姓的同情，减轻了对那些犯事者的刑罚，因此而触怒了陕虢观察使孙简。

孙简想要罢免李商隐，李商隐愤而去职，并写下了这首诗——《任弘农尉献州刺史乞假归京》："黄昏封印点刑徒，愧负荆山入座隅。却羡卞和双刖足，一生无复没阶趋。"

说是"乞假"，其实就是再明白不过的抗议。本来出任这个弘农尉，就已经是一种羞辱，眼下又为官长所恼，义无再辱，索性就此离去。

这首诗有着其他篇目中并不多见的孤傲与激烈，结合李商隐平生的经历来看，这种孤傲与意气是他性格中不可或缺的一部分。从小跟随父亲漂泊幕府，父亲辞世后千里扶柩，稍长后又佣书贩舂，既要勉强生活又要读书求进。这样的生活中成长起来的他，是那样敏感而内省。这两种性格糅杂在一起，一旦受到外辱，势必要激烈反弹。

实际上，在华美辞章之外的李商隐，从来就是一个倔强而不可犯的男人。《唐才子传》中说他"廉介可畏""人或袖金以赠，商隐曰：'吾自性分不可易，非畏人知也参看《新唐书》。'"我相信，这个孤介可畏的男人是李商隐的另外一副面孔。因这一份孤介，一直竖在他的生命里，不曾稍有偏斜。

131

溪 · 活狱

> 他懵懵懂懂地回到家里，没脱制服，就倒在长沙发上，后
> 来就……死了。

这是契诃夫《小公务员之死》的结尾。我曾反复读过的一篇小说。文中的切尔维亚科夫是一个令人悲凉顿生的角色。其实，初读这篇小说时，我尚年幼，觉得契诃夫写得极其乏味，且有太多让人不能理解的地方。

为什么切尔维亚科夫会因为喷嚏溅到布里扎洛夫将军头上就那般惶恐？

为什么他一再跑去将军家解释？

为什么将军对他喊"滚出去"之后，他会感觉到腹中似乎有什么东西碎了？

当时读后，我便将这篇小说抛至一边，然后我读高中，上大学，入职场。突然有一天，我想起这篇小说，有一种强烈的欲望，想重读一遍。于是，我又翻出这篇小说，细细品读。读完后，觉得有些悲凉。只有在那种自上而下的权力缝隙间，你才可以看出人生的很多荒谬处。切尔维亚科夫的惶恐，正是我们很多人的惶恐。他是死于权力，而不是其他。

在沙俄那样的专制统治之下，你必须仰视并密切注意着上位者的举动。他们的欢乐、愤怒、悲伤被一一放大。而你在揣测与琢磨中，渐渐丧失自我，沦为权力边缘一个微不足道的补丁。肯尼斯·米诺格在《政治的历史与边缘》中尖锐地指出："专制体制下，臣民的唯一任务是献媚。"这是我读到的最真实，也是最值得警惕的一句话。

牵扯出这么多，我只是想说，在晚唐那样的政体下，初入官场的李

商隐，是不会适应的。

他有恃才傲物的孤直，有体谅百姓的怜悯之心，亦不喜欢逢迎上司。但他的孤直，他的怜悯之心，甚至他的思索，都将成为栅栏，阻拦着他在弘农尉这样一个位置上停留太长时间。且让我们慢慢读下去吧。

李商隐夏末抵达弘农，他尚未来得及擦去额头的汗水，便开始打量这块兵家必争之地。直到今日，这片土地上还残留着战火灼烧的痕迹。这片土地上的百姓是穷苦的。因为穷苦，就有了反抗。而官府却将这些反抗的百姓称之为暴民。

曾佣书贩舂的李商隐，虽已入仕，但他的心是和穷苦之人贴近的。在《行次西郊作一百韵》中，他曾写道：

> 盗贼亭午起，问谁多穷民。
>
> 节使杀亭吏，捕之恐无因。

盗贼在白日里抢劫偷盗，他们是什么人？是那些穷苦的生民！节度使因为盗贼太多而惩杀亭吏。既然盗贼是穷苦的生民，那么逮捕他们恐怕也是不对的吧。而现在李商隐刚来到弘农，便是担任缉捕盗贼的县尉。

弘农尉位居九品上阶，且不说李商隐官品下降两级，由清职降为俗吏，关键是县尉这个职位是不适合孤傲的李商隐的。县尉一职低于县令、县丞与主簿，掌管一县治安，负责缉捕盗贼等事宜，曾任封丘尉的高适在《封丘作》中，描述过这个令人心酸的职位。他写道：拜迎官长心欲碎，鞭挞黎庶令人悲。拜迎长官、鞭挞黎庶，这不是李商隐所预想的功业之途。

他的匡国之愿不是在欺压生民中奋发，不是在趋炎逢迎中构筑的。欲回天地之心想改变的便是这生民的穷困，这家国的颓败啊。

李商隐站在弘农的土地上，心内充满激烈、炽热的冲突，宛若夏日晒麦场上的火药，终究是会爆发的。

终于，李商隐因为"活狱"触怒了陕虢观察使孙简。

即便是卑微的官职，每日散衙前需封存官印，清点囚徒；即便常因拘押无辜百姓而心中有愧；即便需逢迎上司，奔走于官阶之上；即便恨自己不能如卞和一般，失去双足，但李商隐还是想为那匍匐在泥土之上的黎民做些事情。

而李商隐并不知道，那高高在上、俯视生民的人，是不会容忍他这样做的。终于，李商隐因为减免对受冤囚徒的刑罚而触怒了陕虢观察使孙简。孙简欲罢免李商隐，而李商隐则愤而去职。

向来清高的他是不喜欢这样繁琐、低眉折腰的官职的。离去便离去吧，乞假归京。那座城池是他在弘农始终翘首以望的地方。将官印挂起，将官服脱下，李商隐离开弘农。

恍惚间，他忆起400年前东晋那个不肯为五斗米折腰的男子。

那时，那个孤傲的男子才担任彭泽县令不久。浔阳郡督邮前来巡视，属吏叮嘱他：你需束带前去迎接。他望着那些紧束的衣服，满怀惆怅。于这惆怅中，他叹息说：我岂能为了五斗米而低眉折腰，侍候那些乡里小人。

说完这句，他挂印去职。他这一去，可称得上潇洒飘逸，称得上傲岸不羁。

问征夫以前路，恨晨光之熹微。乃瞻衡宇，载欣载奔。僮仆欢迎，稚子候门。三径就荒，松菊犹存。携幼入室，有酒盈樽。引壶觞以自酌，眄庭柯以怡颜。倚南窗以寄傲，审容膝之易安。

园日涉以成趣，门虽设而常关。策扶老以流憩，时矫首而遐观。
云无心以出岫，鸟倦飞而知还。景翳翳以将入，抚孤松而盘桓。

这样的生活才是他所追求的。李商隐遥遥地追慕着这个身影。他想，他亦可以如此吧？于这追慕之后，李商隐写下《自贶》：

陶令弃官后，仰眠书屋中。

谁将五斗米，拟换北窗风？

李商隐痴痴想着，仰卧书屋之中，凉风自木窗缓缓吹至。

其实，李商隐是不适合隐逸的，他入世之心太重，功业之心太浓。

东晋陶潜那般：静看云烟流散，倦怠而返；种豆南山，种菊竹篱；月下荷锄而归，流连山溪之间，他是做不到的。即便做到，恐怕亦不会甘心。但在这繁琐劳累的弘农尉一职上，他太过压抑，所以想到了归隐。但也仅仅只是想到而已，他的目光始终还是遥望着长安。

关于"活狱"一事，李商隐在《与陶进士书》中写道：

始至官，以活狱不合人意，辄退去，将遂脱衣置笏，永夷农牧，会今太守怜之，催去复任。

在《新唐书·李商隐传》中是：

调弘农尉，以活狱忤观察使孙简，将罢去，会姚合代简，谕使还官。

135

二者差别不大，至于李商隐所说的"今太守"便是姚合。李商隐罢官之时，恰逢陕虢观察使换任，亦喜欢写诗的姚合取代孙简。新任观察使姚合，由诗知人，对李商隐的处境和心情，颇能理解。于是，姚合写信邀约李商隐归任。

　　接到姚合的信后，李商隐曾一度返回弘农，继续担任县尉一职。唐文宗开成四年（公元839年）至开成五年（公元840年），李商隐名义上虽是弘农尉，但他真正在任时间较少，大半时间来往于弘农、泾原、长安之间。

　　二十七八岁，恰是生命力最旺盛的年龄，而李商隐则耗费在不能有所为的弘农尉一职上。但在弘农尉任上，亦不能说他一无所获。因为在这个卑微的官职上，他一次次看到生民的劳苦。

　　他看到那些生之于泥土，死之于泥土的百姓究竟是怎样卑贱地活着，如草一般脆弱，又如草一般顽强。便是这些细小的生命构筑起昌盛的家国，构筑起曾经的盛唐。

　　再由此出发，他看到了腐朽的晚唐，上位者是怎样盘剥压榨着这些卑微的生命。那庙堂之上的奢侈，长安之中的浮华俱是建筑在这些如草般的生命之上。

　　李商隐苦苦思索着，夏商西周、秦汉魏晋，这一代代究竟是怎样兴盛，又是怎样颓败的？隐伏在盛衰之中的暗线究竟是什么？

　　终于，这思索结出了炫目的果实。开成五年（公元840年），文宗皇帝驾崩，他在伤悼文宗皇帝的诗篇《咏史》中写下：历览前贤国与家，成由勤俭破由奢。

　　尽览前朝旧事，那繁盛源自勤与俭，那衰败起自奢侈浮华。那金宫银殿、那楼台水榭、那欢宴歌舞，是用多少物力人力承托起的欲望。而欲望若花，绽放时绚烂，但这绚烂过后，却是无尽的悲凉。

那一片片富庶繁华，是家国不能承受之重。

唐文宗开成五年（公元 840 年），李商隐写完《与陶进士书》，便毅然辞去弘农尉一职。十月移家长安，定居樊南，距离杜牧的樊川别业极近。彼时，王茂元业已由泾原调回长安。

樊川在长安正南，风景清幽。每日李商隐推开门，于熹微的晨光中、于清悦的鸟鸣中向北望，便是长安那横竖规则宛若棋局的街与坊。

长安是繁华的，但这繁华背后却隐藏着道道暗流。

开成五年（公元 840 年）正月，唐文宗在宦官擅权的阴影中，抑郁而死。宦官仇士良和鱼弘志矫诏废黜皇太子，拥立颍王李瀍为皇太弟，继承皇位，改元会昌，是为武宗。而原太子成美、安王溶、杨贤妃则被赐死。

不过又是一次洗牌而已，权力的背后，从来都不是静悄悄的。那时的长安，可看见有人弹冠相庆，春风满面；可看见有人收拾行囊，黯然离京。朝堂之上，紫朱相接，端正肃凝；刑场之上，人头落地，血沃青草。

这便是李商隐所观望所期盼的长安：翻云覆雨，歌哭相接。

武宗继位之后，牛党杨嗣复、李珏罢相，出为湖南观察使、桂管观察使。同年，李德裕自淮南入京，拜相，李党渐渐得势，而牛党开始没落。

这一切，宛若跷跷板，一起一落。其实，每个人不都是由命运之神操控的棋子么？在这纷繁复杂的时局中，谁不是在随波逐流？谁能掌控自己的命运？昨日的强者，是今日的弱者。今日的弱者，或许又是明日的强者。就这样兜转反复，起伏难定。

不管如何，李德裕拜相后，陆续采取了很多限制宦官权力的措施，朝廷政局似乎开始走向正途。而被贴着李党标签的李商隐，日子似乎也

137

变得好过了些。

唐武宗会昌元年（公元841年），李商隐曾暂住华州，为华州刺史周墀的幕客。

此后不久，便举家搬到长安樊南。

尔后，王茂元被任命为陈许节度使，召李商隐入幕。

不甘虚度年华的李商隐于是又赴陈许幕，任掌书记，过着清苦的幕僚生涯。但整日伏案疾笔，为他人做嫁衣，并非李商隐所愿。

唐武宗会昌二年（公元842年）年初，李商隐再次入京参加吏部的选拔考试，以书判拔萃，再度被派遣到秘书省担任正字。

李商隐曾在《祭徐氏姊文》中写道：三干有司，两被公选，再命芸阁，叨迹时贤。

其中，两被公选指吏部的试判和拔萃考试。再命芸阁指重入秘书省。秘书省正字为正九品下阶，与3年前李商隐释褐时授秘书省校书郎相比较，略有下降。

命运充满了嘲弄，它不厌其烦地拨转你。你行了一程，又行一程，疲惫匆忙，结果却还是回归到原点。

3年时光，李商隐完成的便是这样一个循环。但此刻的李商隐是开心的。他一脸笑容，仿佛灿烂的仕途在他面前绽放。

彼时，李商隐30岁，已届而立之年。

经过如许兜转，如许坎坷，他重入长安。是时候建功立业了。他整整衣衫，打算踏步上前。

李商隐宛若即将远航的船只，重锚已启，风帆已张，他要驶向他的功业之地。但他却不知道，未来之于他，是充满着激流和险滩的。

根据《唐六典》记载，秘书省设有：监一人，少监二人，丞一人，秘书郎四人，校书郎八人，正字四人，主事一人，令史四人，书令史九人，典书八人，楷书手八十人，亭长六人，掌固八人，熟纸匠、装潢匠各十人，笔匠六人。

李商隐便是这166人中的一员。他担任正字，负责雠校典籍，刊正文字。秘书省旧称兰台，几乎整个唐朝的典籍图书在这里都有收录。自幼便极喜读书的李商隐看着这么多书，心中自然是欢喜的。

随意走进一间屋，书架上都堆满书籍。那汗漫的书，是一代一代的读书之人用笔墨检阅自己一生，于灯前苦思而得。是用细细的竹简或者洁白的纸张开拓出的精神疆土，是心血的凝结。

李商隐曾在《樊南甲集序》中描述过这段生活，他写道：

> 后又两为秘省房中官，恣展古集，往往咽嚎于任、范、徐、庾之间。

恣展，咽嚎。这四字读起来令人畅快。

我痴痴地想着李商隐埋首古籍之间的情形。身着青袍的男子，不畏尘土，攀短梯在书架上翻阅着。偶而看到一本寻觅已久的古籍，便会露出笑容，那笑容是明洁灿亮的，是即便幽暗亦无法抵挡的灿亮。

翻书，翻出疑惑，他便去寻来同事，共同探讨。

你一言，我一语。清亮的声音回响在宽阔的藏书室中。在这清亮中、这宽阔中，李商隐的骈文一途走得更远。正如周振甫在《李商隐选集》中写道：

> 商隐的散文清新而不浮靡，挺拔而不纤弱，华藻而不淫荡，

虽称四六而骈散兼行,托体较尊,有情韵之美。他在《樊南甲集序》里说:"后又两为秘省房中官,恣展古集,往往咽噱于任、范、徐、庾之间。有请作文,或时得好对切事,声势物景,哀上浮壮,能感动人。"他的骈文,调谐声律,有气势,这很难办到。加上"哀上浮壮,能感动人",正说明他的骈文是骈散兼行,得错综之美,富有情韵的。

由此可见,两入秘省,饱览古籍,深深影响着李商隐。

第十三节

相见时难别亦难

无题

相见时难别亦难，东风无力百花残。

春蚕到死丝方尽，蜡炬成灰泪始干。

晓镜但愁云鬓改，夜吟应觉月光寒。

蓬山此去无多路，青鸟殷勤为探看。

今人提起李商隐，往往便要提到这一首诗。小时候读诗，背到这一首的时候却并没有多么深的感触。一来是不懂得内里深深的相思与难舍之意；二来却是因为对它太熟了，一直把它当作歌来唱，并不想其中深意。

　　待到长大后，才知道离别的艰难。虽说见面不容易，可那到底是来日的痛苦与追忆，而离别，却是当下的肝肠寸断，便是漫天春色也要化作无能为力。别后的男女异地相隔，思念绵绵不断绝，直如吐丝到死的蚕。燃着的蜡烛要到化成灰烬才能止住滚烫的泪滴，可你若真是想念一个人，那简直是比蜡烛还要痛苦的。蜡烛虽然滴泪，总有泪滴尽、化成灰的时候，人却是两头点燃、风吹不灭。离愁别恨最难裁，犹犹豫豫间便忍不住又开始担忧起别后的事来，担心"她朝夕愁怨减颜色"，担心她"月下吟诗受露寒"。可是真看着眼前人愁云惨淡，又少不得要强打精神劝一句："其实我离你住的仙山也没多远，从此后，送信的青鸟可要殷勤地来。"

　　泪水与难舍终究也止不住远去的脚步，谁不曾在万般不舍中送那心上的人走呢？还没到真走到的时候便已是天地变色，万事无味。最后坐到一起来吃饭，便是满盘尽是红辣椒，入口也嫌没味道。崔莺莺说得好："将来的酒共食，尝着似土和泥。假若便是土和泥，也有些土气息、泥滋味。"等到了车站或是机场，想到那人从此远隔，越发不肯放手，直耗到广播里一遍一遍催，再不能留恋了，这才含泪离去。眼见对方过了安检又猛然返身回来，脸贴在玻璃上，无论如何也要多看一眼再多看一眼……这种时候便纵有万丈襟怀也要碾成一腔幽怨。

　　所以话本小说中才有"离魂"一说。不忍分别的小姐，魂魄离体，半夜里赶到书生船上，陪着他上京赶考，与他一起风餐露宿，共他一道坎坷心酸，直到他中了状元一起返回家乡，这才魂归本体，悠悠醒转。

溪·迁葬

唐武宗会昌二年（公元 842 年），30 岁的李商隐，踌躇满志。

他再度入侍秘阁，在坎坷中，跌跌撞撞行走许久之后，终于走上坦途。充满光明的仕宦之路似乎在他眼前徐徐展开。由此而上，某一日终究会在朝堂之上一展抱负吧。

这段时间，李商隐是忙碌的，亦是快乐的。

这快乐因为来得晚而显得珍贵。每日，李商隐很早便起床，从樊南出发，走到秘书省时，天已微微亮。然后，埋首于那些厚重的书籍中。偶尔，他会揉揉眼睛，到庭院里散散步。碰到同事，便闲闲地聊几句。

一日事务完毕之后，他又穿过长安那长长的街巷，回到樊南。生活变得有规律了。因往日奔波而显清瘦的男子，也渐渐有了些许健硕的味道。

假如一直可以如此，那亦是好的，但好景却永远不会很长。风帆涨满，已拔锚起航的船也常常因为突如其来的变故而搁浅。

那究竟是怎样一次搁浅呢？在李商隐的记忆中，开端是一场大雪。

唐武宗会昌二年（公元 842 年），长安大雪。

纷纷扬扬，若盐若絮的雪，落满那或宽或窄的街巷。无论穷人，还是富人，大多闭门不出。披上厚重的衣物，泥炉上燃起小火。更或许，闲情野逸之人，已煮酒待客，把酒言欢了。便是在这样的雪中，樊南的一处院落里，李商隐的母亲去世了。

李商隐站在这场大雪中，陷入悲痛。

他举目远望，似乎又忆起 9 岁那年，与母亲自江浙扶柩回郑州时的情形。那时，父亲去世，他们姐弟几人虽然悲凉，但看着母亲，便觉得还有依恃，生之希望尚未散落。现在，20 余年过去了，他们已长大，各自成家立业了，膝前亦儿女承欢。他们终究可以独面风雪了，但母亲就在扶持着他们慢慢走了一程之后，在这片雪中离去。

遥遥地，李商隐又似乎听到那首歌：冬之夜，夏之日，百岁之后，归于其室。

人生便是如此吗？快乐之后，便要面对悲伤。

关于此事，张采田在《玉溪生年谱会笺》中写道：

> 义山居陈许幕，辟掌书记，又以书判拔萃，授秘书省正字，
> 旋居母丧。

大意：会昌二年（公元 842 年），李商隐入秘阁不久，母亲去世。李商隐于是千里迢迢，扶柩回荥阳，将母亲安葬于祖坟之中。然后开始 3 年的守丧。

唐一代，为父母丁忧是大事。孝子要守庐墓 3 年，不得担任公职。李商隐亦暂时辞去秘书省正字一职。他走出秘书省的院落时，心中有些怅然。这一去，不知道是否还能归来。回首再望一眼，转身离去。

李商隐丁忧 3 年。从另外一个角度来看，在武宗继位，启用李德裕，晚唐政坛稍焕生机之时，他却困守丘园，确实是一种损失。因为这一机遇稍纵即逝，待时机已过，即便李商隐有万丈才华，亦无法施展了。如他在《咏史》中所感叹的那般：运去不逢青海马，力穷难拔蜀山蛇。李商隐的命运何尝不是晚唐命运的缩影？

李商隐扶柩回郑州后不久，唐武宗会昌三年（公元 843 年），他的岳父王茂元去世。

相隔不到一年，两位亲人相继去世。李商隐心中充满悲痛，宛若冬日，

那雪落了一层，又一层。厚厚的雪中，寸步难移，困守悲伤。

生命是如此脆弱，今日与你欢笑的人，明日则可能永世相隔。

彼时，31 岁的李商隐是哀戚的，他总是沉浸于回忆中。

他忆起油灯下，为他缝制春衣的母亲。针线之间，母亲是笑着的。他忆起花开之时，岳父与他把酒言欢，畅谈古今，一时尽兴，便至天明。

渐渐地，李商隐忆起他的堂叔。10 岁那年，堂叔拿着他写的文章，连连点头，说，极好。又回忆起他的姊姊。嫁入望族的裴氏姐，因不满丈夫而被遣返回家，于愤恨中郁郁去世。而徐氏姐于韶年出嫁，不久即去世。

生人悲苦，李商隐慢慢回忆着，原来他的生命中，已有这么多亲人离去。那些容颜，已不能再睹。那些欢笑，已不能再闻。逝去的，便永远逝去了。

一年时间，李商隐慢慢回忆着。最后，他从这些回忆中，抽身而出，决定去做一件事情。这件事情便是将寄葬在各地的亲人的灵柩运回原籍，归葬坛山祖坟。

唐武宗会昌四年（公元 844 年），在长安守孝的李商隐回故乡营办亲人的移葬。他这次迁葬的坟墓很多：为安阳曾祖妣自荥阳返梫怀州合葬；为堂叔李某改葬；为裴氏姐自获嘉返葬荥阳、为徐氏姐改葬；为 4 岁夭折的侄女寄寄自济邑返葬荥阳，上自曾祖母，下至殇婴，旁及堂叔，一共办了 5 起迁葬。

魂兮归来！东方不可以托些……

魂兮归来！南方不可以止些……

魂兮归来！西方之害，流沙千里些……

魂兮归来！北方不可以止些……

站在山丘之上，李商隐会不会低低念着这些古老的辞句？

归来吧，我的亲人，这里才是你们的栖居地。李商隐迁葬亲人墓穴时，所写祭文凄恻悲怆。《祭裴氏姊文》《祭徐氏姊文》《祭处士房叔父文》《祭小侄女寄寄文》，篇篇可读。

祖曾之前，未一完兆，骨肉之内，犹有旅魂……

垂兴欲堕之悲，几有将平之恨……

宗绪衰微，簪缨殆歇；五服之内，一身有官。将

使泽底名家，翻同单系……

一篇篇读去，令人黯然神伤。李商隐借着祭文，述说着炎凉世态中的亲情，嗟叹着仕途的坎坷，感伤着自己的壮志未酬。

待5起迁葬结束，李商隐为官几年的积蓄便耗尽了。但他看着祖坟之中那垒垒莹坟，心渐渐安定下来。他在《祭裴氏姊文》中写道：

今则南望显考，东望严君。伯姊在前，犹女在後。克当寓邸，

归养幽都。虽殁者之宅兆永安，而存者之追攀莫及。

生前虽不能团聚，但死后，总算结束流离，大家终于可以躺在一起，静享一岗明月清风。自此，五服之内，更无流寓之魂；一门之中，悉共归全之地。

李商隐写给4岁便夭折的侄女寄寄的祭文中，有这么几句：

　　荣水之上，坛山之侧。汝乃曾乃祖，松槚森行；伯姑仲姑，家坟相接。汝来往于此，勿怖勿惊。华绿衣裳，甘香饮食。汝来受此，无少无多。汝伯祭乳，汝父哭汝，哀哀寄寄，汝知之耶？

　　读来，凄凉中却生出几分温馨。作为伯父，李商隐向寄寄慢慢叮咛嘱咐，你可知道？来往于此，你再也不用惊恐。你身侧，大姑二姑，家坟相接，大家今后便都在一起了。华彩衣裳，甘香饮食，你放心享用吧。

　　李商隐在这些坟茔之间，扶碑而哭，声音哀戚。因生前离散太多，于是他便幻想着死后大家一一团聚。此时，李商隐这颗悲戚的心渐渐平复下来。

　　唐武宗会昌四年（公元 844 年）正月，5 起迁葬结束之后。于草长莺飞的三月，李商隐离开京郊樊南，移家蒲州永乐。自此开始将近一年的闲居生活。

　　　　陶令弃官后，仰眠书屋中。
　　　　谁将五斗米，拟换北窗风？

　　曾在《自贶》中，遥遥想着隐居生活的李商隐终于可以"仰眠书屋，坐享北窗之风"了。虽然李商隐并不适合隐居，但闲居初期，他亦是安恬的。他卜居于永乐城郊处，那里山明水秀，风景清幽。闲暇无事，他便在柴门内外，栽植下许多花草树木。

　　展书窗下，待读书累了，便去饮酒。小圃之中，春花开得烂漫之时，他对花饮酒，一杯复一杯。酒饮至微醺，便起身慢慢走到清溪之侧。轻风自溪水南岸徐徐吹至，清凉沁人，不消片刻，那萦绕着的酒意便随风

147

散去。

夏夜，他会和王氏坐于屋前树下纳凉。

月色明洁，院落中，桑树枝桠横斜。李商隐和王氏各搬木椅，寻觅一处墙角，悠然坐下，开始闲聊。轻云淡絮，家长里短，桃李飞舞。农家琐碎的事就这样一一理过。

笑一阵，乐一阵，让心情在斑驳的疏影中变得熨帖。而西南角落里，他们养的那群可爱的小猪亦悠然地追逐、嬉玩。

李商隐静静看着眼前一切，笑容舒展，月色偷偷落到他的眉宇之间。那一刻，生活似乎是沉静的，恬淡的。正如他在《春宵自遣》中所写：

> 地胜遗尘事，身闲念岁华。
> 晚晴风过竹，深夜月当花。
> 石乱知泉咽，苔荒任径斜。
> 陶然恃琴酒，忘却在山家。

人处胜地，便渐渐忘却尘世繁华。身心悠闲，才可看清四季清华。晴日暮晚，竹林间清风阵阵，深夜，皎皎月色照于不眠之花上。浅溪在乱石间流淌，时时溅起轻响。斜斜的山径上布满青苔。我寄情于琴韵酒兴，忘却了自己身处深山。

这是李商隐一生中难得的一段闲暇时光。

是年，他 32 岁，称自己："渴然有农夫望岁之志。"不能说，李商隐说这句话时是不诚实的，自长安的逼仄中走出，他于这宽阔中，还是会获得片刻的安逸。

但闲居后期，他渐渐变得不安。

这不安源自李商隐心中的志向与愿望。他是不甘寂寞的，匡国之志又开始在心底燃烧，是那山溪、竹风亦压制不住地燃烧。

有时候，清晨起来，他会爬到山川之巅，在静寂中，遥遥望着长安。那里，有他的功名和志向。志向渐渐沸腾，化作激情，这一切已经不允许他继续闲居下去。

唐武宗会昌五年（公元 845 年）正月十五元宵。李商隐听闻长安有热闹的灯戏，而自己却不能前往观看，于这惆怅中，他写下《正月十五夜闻京有灯恨不得观》：

> 月色灯山满帝都，香车宝盖隘通衢。
>
> 身闲不睹中兴盛，羞逐乡人赛紫姑。

正月十五，月华与灯光交映耀满帝都，宝玉雕饰的香车塞满街巷。而自己身闲远居，不能前去观看这一盛况，只能与乡民一起困居偏远，祭祀紫姑神。

身闲不睹中兴盛。这恐怕才是李商隐所感叹的。

国家正蒸蒸日上，而自己怎可置身事外？写完这首诗不久，李商隐便应郑州刺史李褒之招赴郑州。他开始为再次出仕做准备了。

关于李商隐闲居永乐这段时日内所写田园诗，后人评价并不是很高，但也有几首，堪称佳作。正如钟铭钧在《李商隐诗传》中所评价的那般：

> 李商隐的田园诗，描写了他幽居乡下时的寂寞处境，偶尔也有刹那间忘形现实的超脱之情，但是他对农村生活的反映并不深刻，有美的画面，缺乏新颖的诗思。虽然，诗人自己曾经

标榜，"四年冬以退居蒲之永乐，渴然有农夫望岁之志"，但他终究不如陶渊明，也不如王维。李商隐不是写田园诗的名家，当然我们不能对他苛求。

另有一事值得注意，便是这段时间内，他与令狐绹的关系。李商隐闲居永乐之时，令狐绹曾有书信寄至，致以问候。李商隐以诗作答。他写道：

嵩云秦树久离居，双鲤迢迢一纸书。
休问梁园旧宾客，茂陵秋雨病相如。

笔调舒缓，但"休问梁园旧宾客"一句，却在淡淡感叹着身世落寞。彼时，李党当政，令狐绹即便记恨李商隐背负家恩，但亦不能构成李商隐仕途的障碍，所以李商隐仅仅感叹身世，并无乞援望荐之念。但时过境迁，待到大中年间，令狐绹入朝拜相，权威日重之时，他对李商隐的记恨，便渐渐地推动着李商隐的命运陷入悲剧之中。

令狐绹与李商隐，虽曾亲近，但他们终究是不同的，因为这不同，他们一步步地疏远。其实，不能相互谅解、相互理解的友谊，不要也罢。

城郭休过识者稀，哀猿啼处有柴扉。
沧江白日樵渔路，日暮归来雨满衣。

月榭故香因雨发，风帘残烛隔霜清。
不须浪作缑山意，湘瑟秦箫自有情。

第十四节

日暮归来雨满衣

访隐者不遇成二绝

秋水悠悠浸墅扉，梦中来数觉来稀。

玄蝉去尽叶黄落，一树冬青人未归。

城郭休过识者稀，哀猿啼处有柴扉。

沧江白石樵渔路，日暮归来雨满衣。

忆匡一师

无事经年别远公，帝城钟晓忆西峰。

炉烟消尽寒灯晦，童子开门雪满松。

生活中的每个人都有不止一张面孔，诗人也一样。杜甫在沉郁之外，曾有过"痛饮狂歌空度日，飞扬跋扈为谁雄"的青春姿态，即便在流离中也还有"黄四娘家花满蹊，千朵万朵压枝低"的明媚与亮丽。向来爱用丽典喻深情的李商隐也有孤愤难平的时候，也有洗尽铅华的从容叙事。不同的诗，不同的风格，就好像是诗人的不同面孔。有时候，在他的典型姿态之外，绕到诗人背后去看看他的侧脸，往往是一件非常有意思的事情。

《访隐者不遇成二绝》写的是隐者的生活，平淡朴实，而另具禅意。两章前后相连，其一是说访隐者不遇，其二则是由眼前转而展开想象，写隐者归来之景象与所见。秋水悠悠浸墅扉，是从大环境来写隐士的居所，不写自己的思念，却说是梦中经常来而现实中来得少。这一处"数"与"希"的对比，轻松一带，便勾出了魂牵梦绕的轮廓。此时正是深秋，山中寒意来得早，树木的叶子尽已黄落，满地堆积，至于鸣蝉更是早就飞尽。一片萧索清淡中，却有秀挺的冬青映衬屋前，似乎在等待什么人归来一般。全诗没有一字提及隐士，但却无处不是在写隐士，这样的环境，映衬得主人更如云外飞仙，矫矫不群。

寻隐者不遇，不说自己待人归，却说青青冬树解迎人。这种毫不挂心的口吻，和环境格外相称。事实上，寻隐者，总要不遇，才有一点戏剧性和隔阻感，要是一去就找到，跟揪个宅男一样，那还有什么意思呢。再说了，也正因了这一点不遇的失落感，才能反观出来访者的姿态。

访隐不遇，而毫不挂心，这样疏落的姿态倒很有魏晋人的态度。我来寻你，可是找得到找不到，都是跟你无关的。若是换成个执著执拗的人，只怕冬青不落也被打零了，哪还有心情顾看那满山苍暮秋色。

第二首诗则是替隐士想象归途的风景。因为是隐士，所以自然爱拣那清净萧索的路来走。"城郭休过识者稀，哀猿啼处有柴扉。"遥遥一扇柴扉，伴着幽远处的猿啼，不沾一点世俗气息。

沧江白石樵渔路，隐者途径沧江之侧，眼里是江水刷洗的白石，所行的也尽是渔人樵夫日常走过的路。沧江白石的意象格外鲜明，教人想起《诗经》里的"扬之水，白石皓皓"，也是同样的明澈，带着莽荒时代的气息。沧江白石、细雨湿衣。他有穿蓑衣么？如果有则是绿蓑衣映着黄叶空山白石江水，不惟颜色清雅，人也更加清朗。如果没有，一袭布衣走在雨中，则又是一份疏疏朗朗，红尘外物不挂心的相外之姿。不写人，而人的形象却跃然纸上。

与之相似的还有另外一首诗《忆匡一师》："无事经年别远公，帝城钟晓忆西峰。炉烟消尽寒灯晦，童子开门雪满松。"

"远公"即东晋庐山东林寺高僧惠远（一作慧远），是净土宗的初祖。诗中用"远公"代称匡一师，可见其绝非平庸之辈，亦见诗人仰慕之情。"无事"即"无端"；无端而别，更使人怅恨。钟晓，即晓钟。唐无名氏《晓闻长乐钟声》诗云："汉苑钟声早，秦郊曙色分。霜凌万户彻，风散一城闻。"唐代的长安，每天拂晓，宫中和各佛寺的钟声一齐长鸣，响遍全城。诗人由帝城的"晓钟"联想到匡一师所在的西峰佛寺的晓钟，于是自然而然地提起了远别的人。然而，经过了前面的铺垫之后，还是不从正面着笔，反倒写起了山中的景象。炉烟销尽，寒灯晦暗，正是拂晓时的佛殿。扫洒的小童推开出山门，不见人影和飞鸟，只有满山的白雪映着苍苍翠松，

153

好像世界本来就是这样。

这两句似实写，也似虚写，也有可能是因思念而虚构出的情景，也有可能是某一年时自己在山中所见。记得那时候，他和匡一师在西峰同住，冬天的夜里围着炉火畅谈，喝一杯茶说一会儿话，不知不觉便已是天色将晓。香炉里的烟渐渐冷了，桌旁的烛火也黯淡了，待到起身推开门——呵，竟是这样一个世界！

雪与松向来是与隐士最相宜的，这样辽阔迥远的意象，这样清寒高绝的环境，也非得是高僧才当得起。"只写所住之境清绝如此，其人益可思矣。相忆之情，言外缥缈。"难怪纪昀要说它"格韵俱高"。

溪·长安

唐武宗会昌五年（公元 845 年），33 岁的李商隐应郑州刺史李褒之招，赴郑州。不久，他回到洛阳闲居，与弟弟羲叟住在一起。同年 10 月，守丧期满，他脱下丧服，换上九品青袍，重返秘书省任职。

当他再次站在长安的街道上，颇为感慨。

明媚的阳光落到屋檐上，落到青石板上。街道两旁店铺林立，行人往来匆匆，一切恍如他离开之日。但 3 年闲居生活，李商隐远离长安，已错过很多。翻开《资治通鉴》，可以看看李商隐究竟错过了什么？现在，简单一列：

会昌三年正月，天德军行营副使石雄及回鹘战于杀胡山，败之。

会昌三年四月，昭义军节度使刘从谏卒，其子稹自称留后。

会昌三年十月，晋绛行营节度使石雄及刘稹战于乌岭，败之。是月，党项羌寇盐州。

会昌四年三月，石雄兼冀氏行营攻讨使，晋州刺史李丕副之。

会昌四年七月，昭义军将裴问及邢州刺史崔嘏以城降。洺州刺史王钊、磁州刺史安玉以城降。

会昌四年八月，昭义军将郭谊杀刘稹以降。给复泽、潞、邢、洺、磁五州。

会昌五年八月，大毁佛寺，复僧尼为民。

透过这些文字，我们可以看到武宗皇帝和李德裕，在颓败的晚唐终究还是想做一些事情。日虽已西落，但这夕阳，终究还是可以稍微经营得绚烂夺目些。但即便仅仅是绚烂夺目些的夕阳，李商隐也未能看到。

唐武宗会昌二年（公元842年）八月，回鹘乌介可汗率兵南侵，朝廷下令征兵准备抗击。

长安东郊，车马辚辚、剑戟森列、彩旗招展，各地勤王之师就要远赴北方，讨伐回鹘。而彼时，尚未离京的李商隐则只能远远地站在路边目送。

> 山东今岁点行频，几处冤魂哭虏尘。
> 灞水桥边倚华表，平时二月有东巡。

灞水桥边，李商隐斜倚华表，由今及古，想了很多。昔日帝王的东巡盛事，不提也罢，而今日征讨回鹘，他亦只能以闲人身份，站在这里目送。

军队渐行渐远，飘扬的尘埃慢慢落定。

嘈杂喧嚣过后，长安东郊重归于安静。于这沉寂之中，李商隐的心是落寞的，那是一种被遗弃的落寞，是眼前繁华，不得与闻，只能默默转身的落寞。

唐武宗会昌三年（公元843年）四月，昭义军节度使刘从谏死，其侄刘稹拥兵自立，对抗朝廷。朝廷发八镇兵马讨伐，直至会昌四年（公元844年），平定叛乱的战火仍未熄灭。

　　朝廷不断调兵遣将，增援前方。彼时，李商隐途经长安东面的昭应县，不期遇到李丕。李丕是他的朋友，恰出任行营攻讨副使，带兵奔赴战场，行经昭应县。

　　李商隐见到李丕，心情颇为激动。两人双手紧握，李商隐说着祝福的话语，于这祝福之后，他写下《行次昭应县道上送户部李郎中充昭义攻讨》一诗相赠。全篇为：

　　　　将军大旆扫狂童，诏选名贤赞武功。
　　　　暂逐虎牙临故绛，远含鸡舌过新丰。
　　　　鱼游沸鼎知无日，鸟复危巢岂待风。
　　　　早勒勋庸燕石上，伫光纶綍汉庭中。

　　"早勒勋庸燕石上，伫光纶綍汉庭中。"李商隐热切地说，期盼你早日将功勋勒刻于燕石山之上，期待你早日受到君王嘉奖。

　　这一期盼这一期待李商隐挥笔写下时，心中是否有苦涩流淌。是年，他32岁，正是建功立业的大好年华，但却不得不闲居永乐，不能为国为君分忧。看着行军慢慢走远，李商隐站在飞扬的尘土中，眼眸里盈满浓重的灰色。

　　这些旧事不提也罢，如今，李商隐重返长安。

　　他挽一挽衣袖，是准备创建一番功业的。但，当他衣袖挽起，满腔激烈，正打算投身这片绚烂的中兴局面之时，政局又有了变化。

唐武宗会昌六年（公元 846 年）三月二十三日，武宗皇帝服长生药崩于大明宫，时年 33 岁。3 日后，宦官扶立皇太叔李忱即位，是为宣宗。宣宗即位，开始贬逐李德裕党人，启用牛党诸人。权力的跷跷板又一次倾斜。李德裕被外放，贬为荆南节度使。同年八月，被武宗皇帝贬逐的牛僧孺、李宗闵、崔珙、杨嗣复、李珏等人一齐被宣召入京。

看着眼前的一切，李商隐忍不住忆起会昌初年的那些旧事。有人弹冠相庆，有人黯然离京。朝堂之上，紫朱相接，端正肃凝；而刑场之上，人头落地，血沃青草。这便是长安：翻云覆雨，歌哭相接。

长安是一片宏伟的舞台。舞台之上，你方唱罢我登台。

在这纷纷攘攘之中，李商隐是不甘愿仅仅做一个看客的，他想登上这金碧辉煌的舞台，用匡国之愿、欲回天地之心，尽情地去演绎一曲可千古留名的绝唱。但，谁可以肆意地操控自己的命运？3 年闲居结束，李商隐回到长安，只不过还是一个过客。待这场朝野震动、四方波荡的换幕结束，他连作为看客的资格亦将丧失。

想想，便为李商隐悲伤。

他的命运真的是如此兜转。他无意于党争，白衫之上却被涂抹得漆黑。这漆黑，是他如何清洗都无法抹去的。

唐武宗会昌年间，庙堂之上多是李党，李商隐所遇阻力较小，但母亲长逝，他不得不守丧 3 年，不能经历中兴盛世。待 3 年守丧结束，却又天翻地覆，牛党得势，李党被逐。

其实，李商隐的命运悲剧，不仅仅是由个人性情、牛李党争造成。在性情和党争背后，还有那难以窥测的时运。

李商隐的志愿是远大与恢弘的，但志愿若火，世事却是连绵不休的冰雪，总会将他彻头彻尾地浇凉。站在这冰凉的世界中，他是该哭还是该笑?

彼时，李商隐 34 岁，距离他去世尚有 12 年。已是过去多于未来。晚唐政局经此一变，他的匡国之愿便再也没有机会施展了。日后，渐渐身居高位的令狐绹对他的记恨，也将推着他一步步陷入深渊。

长安，终归还是一个令李商隐黯然神伤的地方。这一年，即便儿子衮师出生，亦未带给他多大欢乐。暗夜之中，他思及此事，便不能成寐。命运，真的是一个令人不解的难题。而明年，他将不得不被命运携裹着、推移着，开始漫长的游幕生涯。直至逝世，他都将无法从这一携裹推移中解脱。

这便是关于命运的真实，悲凉而无奈。

关于李商隐的儿子衮师,在《蔡宽夫诗话》中曾记载着这样一段趣事，简录如下：

> 白乐天晚极喜李义山诗文，尝谓我死得为尔子足矣。
>
> 义山生子，遂以白老字之，既长，略无文性。温庭筠尝戏之曰："以尔为乐天后身，不亦忝乎?"然义山有"衮师我娇儿，美秀乃无匹"之句，其誉之亦不减退之。不知诗之所称，乃此二子否乎? 不然，二人之后，何其无闻也。

这件趣事,南宋胡仔的《苕溪渔隐丛话》和元代辛文房的《唐才子传》中，俱有记载。当然，这件事情，不可太当真。但由此亦可看出白居易对李商隐诗文的推崇。白居易临终之时，便指定墓志铭由李商隐撰写。

写到这里，想起在《行走河洛觅遗珠》中看到的资料：

此情可待成追忆

　　杜甫死后，他的墓志铭是元稹写的，元稹死后，他的墓志铭是白居易写的，白居易死后，他的墓志铭是李商隐写的，这是中国文学史上最绚烂的一段佳话。

　　我想，为人撰写墓志铭，便是对这个人一生的解读。李商隐在解读白居易，白居易在解读元稹，元稹在解读杜甫。在解读中，文化便完成了一次次的传递。

第十五节

深知身在情长在

暮秋独游曲江

荷叶生时春恨生，荷叶枯时秋恨成。

深知身在情长在，怅望江头江水声。

读李商隐这首《暮秋独游曲江》，心中是凄凉的。

妻子王氏去世之后，那个男子满腹愁郁无法排遣，便在这凄凄的秋色中，信步走到曲江。便是在那里，他与那曾相约执手偕老的女子相遇。

他慢慢地走，慢慢地看，那栏杆，那山水仍是旧时模样，但物是人非，曾经深爱的人已经去世，阴阳相隔，不复相见。于这凄凉之中，男子凭栏而眺，见荷叶凋零，心中的愁苦似乎更深了些。

荷叶初展，依依向春时，谁可知道，这碧嫩中，已经种下相思之恨。待招展过，欣荣过，经历过风雨之后，荷叶也该颓败、零落于西风中了，那时，这残叶这断梗间，相思之恨便已莽莽地长成了伤逝之恨。

初生则有相思之苦，枯萎则有伤逝之恨。

在那满眼愁苦的男子看来，人生何处无恨？欢乐下深深掩着的不过是愁恨，待欢乐散尽，于追悼之中，那愁恨便一一浮现。

这恨是绵绵不绝的，只要身在，则恨在。即便是江头水，亦无法冲洗尽。欢乐为愁苦之源，昔日浓浓的欢乐，就那样化作了今日的愁苦。

读到这里，可知李商隐这首《暮秋独游曲江》是伤逝之作。

伤逝，是中国诗歌永恒的主题之一。子在川上曰："逝者如斯夫，不舍昼夜。"尘世间那曾经青葱的人和事，是在不断消融着的，若东去江水一旦流去，便难以重现。因而，在一步步走向如霜般倦伏的死亡之前，人总是在不断感叹曾经拥有的一切：爱、亲情、友谊……

这感叹，因为是站在逝去的角度上回望，所以往日那种种欢乐，皆成痛苦根源。

韶华易逝，爱恋难留。

《圣经·约伯记》中，有一句写得极其伤感：人为妇人所生，日子短少，多有患难。出来如花，又被割下；飞去如影，难以存留。

确实如此，在短暂的生命中，在不断流逝的时光里。你雕刻下的每一笔都如雨落于水，稍纵即逝。又或镂刻于石上，不可更改。过去的时光，无可挽回。

韶华易逝，爱恋难留，这一切都是时光设下的樊笼，任你如何伤郁、如何哀婉，都难以从樊笼中突围。

既然无法突围，那么只有伤悼。当然，偶尔也会有诗人自这伤悼中，生出几分旷达，比如李白，他说："弃我去者，昨日之日不可留，乱我心者，今日之日多烦忧……"

溪·抉择

唐宣宗大中元年（公元 847 年）二月，长安，雪意犹存。

走在街道之上，可看见重重叠叠的屋檐之上、瓦棱之间，仍覆有薄薄的积雪。就这样匆匆走着，偶尔一抬头，便会看见三两枝斜斜的腊梅，不知道自谁家院落中伸展而出。干干净净的天空下，几朵明洁的黄便那样衬在清清冷冷的白中，让人觉得温润。

便是在这样的时节，李商隐面临着人生的一道抉择。抉择来自郑亚的一封信函。信函静静躺在李商隐的书桌上。素净的封套，干净的信笺，但其中的内容却让李商隐颇为踌躇。

唐武宗会昌六年（公元 846 年）四月，李德裕被贬为荆南节度使之后，九月又改为东都留守，解平章事。到今年二月，在这萧萧的春寒中，李德裕又被从东都留守这尚有些实权的职位上调开，只获得太子少保分司东都的虚衔。与此同时，朝廷下诏，将李德裕执政期间的主要助手郑亚由给事中出为桂州刺使、御史中丞、桂管防御观察使。

郑亚接到诏令之后，寄信给李商隐，邀请他一起南下桂州，料理幕府的文书案牍。

是勉强留在长安，继续担任秘书省正字观望政局，还是随郑亚南下桂林？李商隐艰难地做着抉择。

自 25 岁进士及第至今，已有 10 年了吧。这 10 年薄宦生涯，他虽从未真正进入朝堂，却亲眼看着牛李党争是怎样一步步愈演愈烈的，从最初的政见之别到如今的意气之争。

但，即便是意气之争，也可以从中看出差别吧。李商隐内心深处是认可李德裕的。

武宗会昌年间，那一番中兴局面，是牛僧孺和李宗闵做不出来的。而如今，牛党当权，他们排挤李党的手段，亦令李商隐觉得心寒。一个人对另外一个人，原来可以如此，可以如此卑劣、无所顾忌！

李商隐在朝堂之上是仰视着那些人的，但在心底，他却又是俯视他们的。每个人在内心深处，对他人大概总是存在着某种道德审判，这审判并不会因为那人官位高低而有所倾斜。此时，李商隐在心底是鄙视一个人的，那人便是白敏中。

唐武宗昌六年（公元 846 年）五月，白敏中以翰林学士、兵部侍郎被拜入相。白敏中为牛党，入相之后，他极力排挤李德裕。

他怎能这样一再排挤李德裕呢？他难道已忘记，他之所以能够官至知制诰、翰林学士，全是李德裕极力向武宗皇帝举荐的结果么？

那年，武宗皇帝欲重用白居易。李德裕上奏说：白居易患有脚病，恐怕力不胜任。接着他又说：不过，听闻白居易之弟白敏中，诗文水平与白居易相差不大，但器度见识则更胜一筹。于是，在李德裕的推荐下，白敏中得以官至知制诰，翰林学士。但唐武宗会昌六年（846年），白敏中入相之后，却那样排挤李德裕。

关于此事，《资治通鉴》中的记载是：

> 初，李德裕执政，引白敏中为翰林学士。及武宗崩，德裕失势，敏中乘上下之怒，竭力排之，使其党李咸讼德裕罪，德裕由是自东都留守以太子少保分司。

颇为孤傲的李商隐是深深鄙视这种人的。即便他已居庙堂之高，即便他才名昭著，但李商隐却始终俯看着他。人不论如何低微，在内心深处总还是要保留着一些高贵的吧。

李商隐是不愿意与这样的人同朝为官的。

究竟是留在长安还是南下桂州，李商隐依旧是踌躇的，他看着书桌上的信笺，进退两难，难以抉择。他想起了令狐绹。即将出任湖州刺史的令狐绹，虽一直对他疏淡，但近日却有了好转的痕迹。李商隐前去拜访他时，他言语神情不温不凉，但眼神之中似乎多了些期待，他是期待着李商隐重新投向牛党的。在他期待的眼神中，李商隐的笑容苦涩若菊。

李商隐一直是无意于党争的。但这些年，自朝堂之上的风风雨雨走来，他渐渐发现自己的政治见解是和李党暗合的。李党锐意进取，而牛党墨守陈规。牛党终究不是李商隐可以依恃的。他的匡国之愿、欲回天地之心在善于妥协、怯于开创的牛党中是无法实现的。

这些事，李商隐在心中一一掂量。究竟孰轻孰重？在徘徊中，李商隐忆起《荀子》中记载的那个男子、那个哭于歧路的杨朱。

165

> 杨朱哭衢涂，曰：此夫过跬步而觉跌千里者夫！哀哭之。
>
> 此亦荣辱安危存亡之衢已，此其为可哀甚于衢涂。

  这是《荀子·王霸》中记载的一则故事。站在歧路，杨朱伏地痛哭。他痛哭，是因为在这交错纵横的路径中他无从选择。

  勉强选择吧？若不当，便会差之毫厘，谬以千里。

  杨朱哭衢涂，是对抉择的困惑。但人的一生，哪有顺风顺水。面对歧路，总是要选择的，正是在这一步一步的抉择中，才慢慢滴水成冰。

  杨朱不用劝，只是更沾襟。此时的李商隐，心中便藏着一个杨朱。他面容看起来依旧沉静，他的举止看起来依旧稳重，但他的内心深处，其实早已长歌当哭。

  夜已深，李商隐遥遥望着木窗外明灿的星星。那一颗是牵牛星吧？那一颗是织女星吧？

  在这漫天星空下，李商隐感叹着，年华易逝，自己怎能像杨朱那样泣于歧路，而不做抉择。想着，想着，他开始研墨，铺开纸张，挥笔慢慢写下：

> 海客乘槎上紫氛，星娥罢织一相闻。
>
> 只应不惮牵牛妒，聊用支机石赠君。

  这便是他的抉择。

  大概会有那么一个男子，乘着木槎，漂浮于星海之上吧？他苍茫地行着，忽然见到了美丽的仙子织女。织女停机与他相见。他们就那样在星海之中，闲闲地聊着。

　　闲聊之下，织女渐渐对这个乘着木槎的男子一见倾心，她转身取下支机石相赠。她这一相赠，原是不怕牵牛星嫉恨的。既然情投意合，为何还要顾忌那么多？

　　"只应不惮牵牛妒。"李商隐看着自己写下的这句。是的，既然自己与李党诸人相投，那么为何还要狗苟蝇营，委身牛党之侧？李商隐搁笔，将纸张卷好，命人赠与郑亚。

　　既然已经抉择，就便毅然前行吧。哪管前路风雨，只须日夜兼程。李商隐就这样，用《海客》一诗完成了自己的政治宣言。

　　千里相送，终有一别。

　　长安郊外，十里长亭。郑亚、李商隐与朋友一一话别。拱手之际，李商隐透过重重叠叠的柳树，看到长安厚重的城墙。

　　青石层叠，叠起了城垛，城垛之后则是那片瓦蓝的天。

　　李商隐站在长亭外，仰望着瓦蓝的天上飞的鸟儿，在远处化成一个个黑点。久久地，他收回目光。长安，他在再次品咂着这个词。

　　多少次兴冲冲地赶来，又多少次被急促促地放逐。长安，是李商隐心中的痛。今日，他再一次被放逐，远远地离开长安。

　　此时，李商隐心中或许是充满悔意的吧。但他看了看身边的郑亚，目光渐渐坚定起来。即便远离长安，亦是可以做出一番功业的吧？

　　李商隐接过朋友相赠的柳枝后，翻身上马，再回望一眼长安，绝尘而去。

　　李商隐的弟弟羲叟，进士及第后尚未释褐，其时恰在长安，于是一直送到蓝田县南的韩公堆才掉转马头，洒泪而别。回马的那一刻，羲叟心中充满担忧。他太明白哥哥，所以担忧。此去桂州，李商隐与李党便牵扯在一起，永无回转余地。但看着哥哥坚毅的面容，他又坦然了。君子行于世，是有所取，而有所不取的。

根据《旧唐书·地理志》，从长安至桂林，水、陆路4760里。李商隐和郑亚，在唐宣宗大中元年（公元847年）三月离京。根据刘学锴《李商隐传论》第十章《桂幕往返》的记述，他们的行程如下：

他们路经五松驿，（李商隐在此写下《五松驿》），再往前行，进入商山，他们拜谒了四皓庙。在四皓庙，李商隐追忆起父亲李嗣。李嗣当年为李商隐取名商隐，便是希冀着他能与商山四皓一般，可做帝王师。

但皇天有运我无时，李商隐在心底暗暗说。父亲，我终究还是辜负了您的期望。

三月初，他们抵达襄阳，受到襄州刺史、山南东道节度使卢简辞款待。

离开襄阳，前行至江陵，恰逢长江涨水，滞留了数日。自江陵开始，走水路，顺流东下，到达岳州，他们登上岳阳楼。

在北通巫峡，南极潇湘的岳阳楼，李商隐写下《岳阳楼》一诗。与199年后的范仲淹不同，他所思所想的是那难测的前路。相对而言，范仲淹的《岳阳楼记》格局更开阔宏陈一些。

"可怜万里堪乘兴，枉是蛟龙解覆舟。"此行乘兴游览万里，纵有蛟龙行云布雨，掀翻船只，那又如何？李商隐借着这豪言壮语，坚定着自己的抉择。

既然已选定方向，那么便毅然前行吧。

他们继续前行，行经洞庭湖附近的楚国旧地云梦泽，见到白茅苍苍茫茫，随风起伏。忆起史书中所载楚灵王的事迹，李商隐写下《梦泽》。

3月28日，他们抵达潭州，遇大水，逗留40余天。

五月中旬，自潭州出发，行一千三百余里，于6月9日抵达桂林。自此，李商隐开始了为期不到一年的桂幕生涯。

贬也罢，升也罢。他们骑着瘦马，乘着轻舟四处漂泊。因漂泊，视野越来越宽阔，诗篇越来越亮丽。

李商隐的桂幕生涯，有几件事情值得记述一下。

一是代郑亚撰写《太尉卫公会昌一品集序》。

唐宣宗大中元年（公元 847 年）二月，李德裕由东都留守改太子少保，已是虚衔。而郑亚出为桂州刺使、御史中丞、桂管防御观察使之后，李德裕的另一助手李回亦被罢相，出为剑南西川节度使。至此，李党主要人物皆已被贬。

历时五朝，经历无数风波的李德裕已经预料到李党没落的前景。即便没落，他还是想予以还击。于是，他将会昌年间担任宰相时所撰写的关于朝廷军政的典诰制命，汇聚成《会昌一品集》，打算让其传之后世。

今生或许已无机会再与牛党较力了，那么这其中的功过是非便留给后人去评判吧。李德裕将《会昌一品集》寄给郑亚，让他作序。郑亚则把此事交与李商隐。

李商隐不负郑亚之托，写成巨文《太尉卫公会昌一品集序》。在这篇书序中，他对李德裕作出高度评价。他赞颂李德裕：万古之良相，为一代之高士。系尔来者，景山仰之。

此时，朝中牛党执政，李德裕已经失势。而李商隐不顾时势，对李德裕推崇备至。

李商隐便是这样的人，他的孤直，源自坚持。

李商隐所认为对的，他便会始终去坚持，哪怕会被牵连。

在人海茫茫之中，终究还是有人不惧横祸，敢于横桨逆行的。于这逆行中，李商隐有时亦是惊恐的。以一己之瘦弱，对抗强权铁律，哪有不惊恐的。但惊恐之后，他仔细看着自己行走的路，又会觉得坦然。因为他追寻着内心最真实的想法，他是无愧于心的。

二是李商隐将自己历年所做骈文表状启牒，汇聚成册，编为《樊南甲集》二十卷。

那是受郑亚之命赴江陵与荆南节度使郑肃联络的水途中，舟外，风平浪静，水边芦苇高立，细枝之上的芦花闪亮而蓬勃。再远处，沙洲之上，是拣尽寒枝不肯栖息的孤鸿。

李商隐缩在这舟内，认真地梳理着那些旧年文章。

这篇是那年为恩师令狐楚所写，这篇是为岳父王茂元所写。在翻阅中，他偶尔会颇为自得，这篇竟然可以写得如此漂亮。偶尔亦会汗颜，这篇遣词造句很不妥当。

李商隐是珍惜着自己所写的这些文字的。他期冀着它们可以传世。梳理着，累了，他便出舟，看一看这片宽阔而明亮的水域。人生宛若行舟，是曲折的，缓慢的而文章则是这曲折与缓慢中的亮色。

千年以后，那些高坐云端，俯视苍生的君王，或许会被遗忘，但这些文章却可以一直流传下去，丰润那些寂寞的灵魂。李商隐自信地想着。他缩回船中，又开始翻阅这些篇什。翻阅着，李商隐又生出几分悲伤。它们或许可以流传，但现在能带给他什么？

是这颠簸流离、宛若断梗飘萍的命运么？

他想起了恩师令狐楚传授他骈文写作的那些夜晚。他以为他学到了高明的剑术，可以横行江湖。但，这一套亮丽的剑术，亦不过是权贵眼中的点缀而已。庙堂之上所需不是这些。李商隐在《樊南甲集》序中写道：十年京师寒且饿，人或目曰：杜诗、韩文、彭阳章檄，樊南穷冻人或知之。

李商隐说：自己京城十年，生活困苦，但人们认为他对于韩文、杜诗和令狐楚的四六章奏之学有深刻领会。但骈文精彩又有何用，还不是沦落于贫苦之中。

唐宣宗大中三年（公元 849 年），他在《漫成五章》中写道：

> 沈宋裁辞矜变律，王杨落笔得良朋。
>
> 当时自谓宗师妙，今日惟观对属能。

李商隐是将令狐楚看作自己的宗师的，对令狐楚传授他骈文技法亦感激涕零。但十余年的宦海沉浮，人事蹉跎，已使李商隐从初学骈文的喜悦中走出，他冷静地反思，发现它仅仅只是一套华丽的剑术而已。它并未承托起李商隐的凌云之志。既然不能承托，所谓骈文亦只不过使自己狂作诗时，更精于对仗押韵而已。

李商隐看着那些篇什，满怀惆怅。

第十六节

君问归期未有期

夜雨寄北

君问归期未有期，巴山夜雨涨秋池。
何当共剪西窗烛，却话巴山夜雨时。

云中传来你的素笺，在一个清凉的秋夜。寒风路过雕花木窗，檐雨滴打芭蕉枯叶，残调清幽，声声入耳。枕上难眠，我披衣起身看那帘边红烛流泪，听那窗外檐雨滴落。

　　思念化作一泓潭水，如同你眸中凝聚的秋水。从此知道，思念为何物。离开了你，然后思念你。

　　你说天寒应添衣！我无言无语。

　　你问何日是归期？我无言无语。

　　心情似水中浮萍、风中梨花，难以将息。

　　此刻，秋风扫过客驿里的梧桐树，巴山夜雨飘零。雨打芭蕉，听得残声。

　　烛影摇曳，我独立窗前，盯着那一笺淡墨字痕。笔迹长长短短，这一笔里有你的泪水，那一笔里有你的缠绵。帘卷西风，我不禁满腹幽思。远处，那一池荷花已残，碧叶枯黄，空余残枝伫立风中。留得残荷听雨声，那是古人意韵，只是我不忍听，不敢听。

　　夜雨绵绵，是否已涨满了秋池？如同我对你的思念溢满心间。

　　忆起当日，和你携手漫步在幽幽竹林清清水溪边。你一身杏黄子衫迎风而立。我一句笑语，竟得西边残霞照红你的脸颊，霎那间，我看到三月里一朵绚烂桃花，那风中曾经的落英缤纷。

　　你的身影映在水面，令游鱼挑起清波。那时你挥舞一袖香风，面对一丛水草，低头柔柔地说："在水愿做同游鱼，在天愿做共舞蝶。"瞬间，我听到心被幸福冻结的声音。

　　可我终究要辜负对你的诺言。暖风拂过竹林时，我要去远方漂泊。远方是一方迷雾，可藏着男儿的功名和志向。远方没有你的柔情，远方没有那竹林水溪，可我要去远方。

　　我说出了我的选择，你掩面而去，泪水湿了一径青石。我知道你的痛苦，那也是我的痛苦。

收拾琴剑书箱，整理衣物行囊，宝蓝色绸子包裹里，我藏起你一颗心，因受伤而流泪不息的心。

背负一篓诗书，腰间一柄绣剑。我去寻你，与你话别。转过长廊，绕过假山，你伫立水池边，云鬓蓬松如行云，泪水在清风中飞舞。那一刻，我真的不忍离去，不忍离去。

暖阳山边，登舟而行时，你悄悄递上一块平安符。晶莹剔透的玉石沾染着泪水，沾染着香气。一如水池边，你临风飞舞的泪水；一如竹林水溪边，你舞起的一袖清香。"在水愿做同游鱼，在天愿做共舞蝶。"语调凄凄，又响在耳边。

顷刻间，我一腹柔情和无奈。这一叶薄舟怎么承受得起？

夕阳飘落，暮色里水面涟光晕黄，波影清幽。青山空灵飘渺。

衣衫飘飞，远游人独立舟头。我始终在想，缘为何物？

秋风萧瑟，拂过千年古树时，两枚黄叶注定要飘落，虚无的弧线中注定要相逢。

如镜深潭中，一丝浮萍在曾经的漂泊后，相遇另一丝浮萍。

跋涉在古道上，你寂寞疲惫时，一位披着暮色、满眼温柔的白衣女子默默递给你一碗泉水。缘为何物？什么时候狭路相逢？什么时候执手别离？

忆起首次遇到你。那一衫杏黄，在我脚步中时隐时现，亮丽了我的心情。车如流水马如龙。那次，去春池边访友。仕女喧嚣，游人如织。我闲步柳荫下，便望见了乘舟戏水的你。

薄舟如流水般行过。而你手执荷叶，不经意间拢着一头长发。乌黑的长发便飘飞起一片秋云。眼角风情与春水共舞，眉梢挑起一带青山。

淡淡笑容黯淡了一池荷花。

杏黄子衣衫在风中飘成耀目光华。我站在那里，心突然跳得厉害。就这样掉进了你不经意间设立的温柔陷阱。

缘为何物？我从那时知道。

夜雨飘零，寓居巴山这座小客栈里，我听秋雨打梧桐，声声清幽，任思绪纷飞天涯，无端无由。

雨水涨满秋池，夜深孤枕无眠，而你我何时再聚？

选择了在暖阳里别离，选择了对你柔情的背叛。而今，漂泊天涯的我已经疲惫。马蹄上沾满泥土，绣剑上沾满了风尘，而诗书中则写满相思之词。我欲归去，我欲归去，而秋雨中何日是归期？面对素笺，我无言。

灯残，天欲凉，你是否已经对着铜镜，梳一头秀发？

依旧记得，举一支眉笔为你画眉的情景。那时，该是仲夏吧？一园幽香醉梦人。而醒来的你依旧睡眼惺忪。

搬张雕花木凳，坐在你身边，看你纤手飞舞，乌黑的长发飘散。闻到胭脂淡淡清香。

为你画眉。看你肌肤胜雪，笑靥如花。乌黑乌黑的眉笔，昔日欢乐成了我客居的记忆。

这个秋雨绵绵，烛影摇曳的巴山客栈里，我对一笺墨书，低低地述说，不如归去。如同子规声声啼，小楼一夜听秋雨。

而什么时候，我可以和你携手而立？在小楼内燃一炉檀香，清香缭绕。手牵手，在西窗边，共话巴山夜雨。

那雨水是怎样涨满秋池的？那秋雨是怎样滴嗒嗒的？那红烛是怎样垂泪到天明的？

收拾行囊，归去。只听得古道上马蹄声声！

溪·相逢

李商隐在桂州幕时，尚有两件事，我想放在一起讲。一是李商隐抵达桂州不久，便收到令狐绹寄来的书信。书信中，令狐绹严词责备李商隐不该继续背"牛"投"李"，追随郑亚到桂州。李商隐看着信笺上那熟悉的笔迹，透过笔迹，他似乎看到令狐绹的眼神，那充满期待、憎恶、痛恨的眼神。

其实，令狐绹是一直关注着李商隐的。他虽恨他背负家恩，但他终究还是期待着李商隐能够回心转意。可李商隐却追逐着自己的梦想，一步步走远。李商隐写下《酬令狐郎中见寄》一诗，回寄令狐绹。择其片段：

> 土宜悲坎井，天怒识雷霆。
>
> 象卉分疆近，蛟涎浸岸腥。
>
> 补嬴贪紫桂，负气托青萍。
>
> 万里悬离抱，危于讼合铃。

李商隐接到令狐绹的信后，对令狐绹的震怒颇有些不知所措。难道他应该依令狐绹之言，趋炎依附牛党么？难道他应该留在长安，继续无所作为吗？

李商隐想向令狐绹辩解，却不知道该从何说起。两个人本来就不是站在同一思想平台之上的。他之所以弃秘书省正字一职，选择随郑亚南下桂林，是经过深思熟虑的。

是求自身安危，还是追随理想？他最终选择了后者。但这些，说与令狐绹，他会听么？他所关注的是李商隐是属于李党还是牛党，而不是

177

李商隐那颗欲做出一番作为的功业之心。

最后李商隐写下："补羸贪紫桂，负气托青萍。"

他用极低极低的姿态说，我是为贫而仕。书信寄出之后，李商隐搁笔，忧郁地望着窗外的孤鸿，越飞越远，渐无踪迹。他明白，令狐绹这次不会原谅他。

二是李商隐在湘阴黄陵遇到刘蕡。

那是唐宣宗大中二年（公元 848 年）正月，李商隐自江陵归桂林，在湘阴黄陵遇到刘蕡。南方春早，浅浅细细的草，尚埋不住马蹄。李商隐骑马慢慢地赶路，已经非常疲倦。他纵目四观，想借着这春意洗去一些倦意。

在江陵，他听闻朝廷已经下诏，将李德裕贬为潮州司马。贬斥的理由竟然是吴湘一案。吴湘一案，与李德裕其实并无太大关系，但这是他们寻找的借口，至于真假，又有谁愿意去辩解？这漫漫的思虑中，李商隐遇见了一个旧友：刘蕡。

刘蕡，燕北昌平人。他的名字，是朝野皆知的。《旧唐书》记载：(刘蕡) 与朋友交，好谈王霸大略，耿介嫉恶，言及世务，慨然有澄清之志。

"耿介嫉恶，有澄清之志。"这些词读起来让人精神一振。

司马迁说："千人之诺诺，不如一士之谔谔。"尘世间，低伏前行的人太多，昂然抬首，直面悲剧的人太少。晚唐政局弊病丛生。忧患者多，敢于发声者少。既然要没落，那便让他没落吧，只要能在这没落中苟安一时就是好的。但这些苟安的人中，总有那么一两个是敢于直言的吧。他们拍拍尘土，自匍匐的姿态中站起，朗朗发声。他们的声音回荡在空荡荡的历史中。终于，有了应和。

刘蕡是在唐文宗大和二年（公元 828 年）站出来的。

那时，他在对策中猛烈抨击宦官乱政，要求"揭国柄以归于相，持兵柄以归于将"。并且指出晚唐正面临"天下将倾，海内将乱"的深重危机。各归其位，重建秩序，才是制止混乱的方式。其实想到这一建议并不太难，难的是面对满朝权贵，还能耿直而言，说出每个人心中隐藏已久的想法。

刘蕡这一对策在当时反响极其强烈。史书称赞他："言论激切，士林感动。"当时的考策官左散骑常侍冯宿、库部郎中庞严，"睹蕡条对，叹服嗟悒，以为汉之晁、董，无以过之"，一致主张应当中选。

但是，由于宦官阻挠，刘蕡未被录取。鲁迅先生说："悲剧是将人生的有价值的东西毁灭给人看。"注定要陷入颓废陷入悲剧的晚唐怎能不撕毁这一谔谔之言。他们总是以为封堵一人之口，便是封堵天下之口。让那些犀利的、中肯的言语消失吧，但这些犀利的语言却隐隐切割着晚唐的伤口。终究一天，那庞大的身躯会因这犀利而倒塌。

刘蕡此事，引起朝野内外一片喧哗。他因此成名。

不久之后，刘蕡在令狐楚和牛僧孺幕府担任幕僚，颇为令狐楚与牛僧孺所赏识。后来，又被宦竖诬陷构罪，远贬到柳州任司户参军。

刘蕡成名时，李商隐 16 岁。恰是那年，他写出了《才论》《圣论》。这是不是一种遥遥地响应？唐文宗开成年间，刘蕡在令狐楚幕府任职，与李商隐曾一道共事。

该是从那时开始起，他们建立起了友谊吧。李商隐是记得与刘蕡日夜讨论国事的日子的。刘蕡论事往往激切，但不能不说，他是很有才华的。而李商隐的政治见识，亦在与刘蕡的争辩讨论中，渐渐明确。

其后，二人并不常常见面，但李商隐心底，是将刘蕡视为知己的。

所谓知己不就是这样么？一言半语，便可将你心底最坚硬的地方击中。你所坚持的，发现他亦在坚持。你所鄙弃的，发现他亦在鄙弃。他常常说的，是你心中所想所思。但偶尔会聚，却相谈甚深。

　　在令狐楚幕府中数年欢聚。待到令狐楚去世，他们便各自星落天涯，难再相逢。不久后，李商隐投奔王茂元，而刘蕡始终属于牛党。但他们并未因此而产生隔阂。刘蕡与令狐绹不同，刘蕡所看重的是你这个人，而不是你背上粘贴的标签。

　　李商隐与刘蕡在江汉之间相逢，他们究竟谈论了些什么，已不得而知。从李商隐写给刘蕡的诗文中可窥知，他们歧路相逢，相谈甚欢的大概还是那些政事吧。聊到这些，他们该一起悲伤了吧。站在晚唐已渐渐消散的余晖下，他们共同感叹着不能有所作为，只是如棋子一般，被拨弄着，被搬移着，四处漂泊。

　　　　江风扬浪动云根，重碇危樯白日昏。
　　　　已断燕鸿初起势，更惊骚客后归魂。
　　　　汉廷急诏谁先入，楚路高歌自欲翻。
　　　　万里相逢欢复泣，凤巢西隔九重门。

　　浊浪击空，危樯摇曳。相逢之后欢复泣。这欢笑、这哭泣之后，明日便又隔着万水千山。黄陵一遇之后，李商隐写下《赠刘司户蕡》赠与刘蕡。他们便挥泪而别。

　　这一别，便是永别。

　　一年后，即唐宣宗大中三年（公元 849 年）的秋天，在长安的李商隐听闻刘蕡的死讯。于秋日绵绵的细雨中，李商隐写下四首悼诗，哭吊刘蒉。《哭刘蒉》《哭刘司户蒉》《哭刘司户二首》，首首读去，让人哀戚。

李商隐的哭，其实亦是在哭自己。在这没落的晚唐，他们除了哭，究竟还可以做什么？

第十七节

衮师我骄儿

骄儿诗

衮师我骄儿，美秀乃无匹。文葆未周晬，固已知六七。
四岁知姓名，眼不视梨栗。交朋颇窥观，谓是丹穴物。
前朝尚器貌，流品方第一。不然神仙姿，不尔燕鹤骨。
安得此相谓？欲慰衰朽质。青春妍和月，朋戏浑甥侄。
绕堂复穿林，沸若金鼎溢。门有长者来，造次请先出。
客前问所须，含意不吐实。归来学客面，闹败秉爷笏。
或谑张飞胡，或笑邓艾吃。豪鹰毛崱屴，猛马气佶傈。
截得青筼筜，骑走恣唐突。忽复学参军，按声唤苍鹘。
又复纱灯旁，稽首礼夜佛。仰鞭罥蛛网，俯首饮花蜜。
欲争蛱蝶轻，未谢柳絮疾。阶前逢阿姊，六甲颇输失。
凝走弄香奁，拔脱金屈戌。抱持多反侧，威怒不可律。
曲躬牵窗网，衉唾拭琴漆。有时看临书，挺立不动膝。
古锦请裁衣，玉轴亦欲乞。请爷书春胜，春胜宜春日。
芭蕉斜卷笺，辛夷低过笔。爷昔好读书，恳苦自著述。
憔悴欲四十，无肉畏蚤虱。儿慎勿学爷，读书求甲乙。
穰苴司马法，张良黄石术。便为帝王师，不假更纤悉。
况今西与北，羌戎正狂悖。诛赦两未成，将养如痼疾。
儿当速成大，探雏入虎穴。当为万户侯，勿守一经帙。

杨本胜说于长安见小男阿衮

闻君来日下，见我最娇儿。

渐大啼应数，长贫学恐迟。

寄人龙种瘦，失母凤雏痴。

语罢休边角，青灯两鬓丝。

一个人在漫长的一生里，不管底色多么灰沉，性情多么悲观，总是会有欢欣鼓舞的时刻、有发自内心的欢喜、有不可抑制的愉悦。而看一个男人如何评价自己的一生，如何给人生和幸福下定义，对生命怀着怎样的欢欣与寄望，最直接的办法就是看他如何来对待自己的孩子，看他希望孩子成为怎样的人。

大中三年（公元849）春天，李商隐37岁。自开成二年登进士第、开成四年入仕以来，他屡遭挫折，一直做县尉、府曹之类的卑职俗吏。此时的他正担任京兆掾曹，负责表奏之事。这种京畿小官的生活是穷苦困顿的，但能和妻子儿女团聚一起，算是略略给了李商隐一丝温暖和安慰。

算起来，他半生漂泊在外，很少有这样一家团聚、共享天伦的时刻。小儿子衮师已经3岁了，不仅聪敏灵秀，而且人见人爱，李商隐对他更是喜爱得不得了。全诗上来就是"衮师我骄儿"，一派朗朗的喜悦之情。先写孩子的容貌秀美，又反用陶渊明《责子》诗的内容来夸赞自家孩子的聪明。亲戚朋友的随口一句夸赞，诗人便当了真，并加以转述。这种天真与轻信大概也只有爱子成痴的父母才能做得出来吧。这世界上的所有美好加起来也比不上自己孩子的天真一笑，孩子的将来有着无限的可能。顿一顿，他似乎稍稍恢复了一点理智："安得此相谓？欲慰衰朽质。"看上去他好像也知道，别人这么起劲地夸孩子不过是为了安慰自己这个

184

蹉跎半生的人。实际上他是言若有憾、心实喜之。自己的憔悴不足道，骄儿的未来才足以令父亲骄傲。

衮师是个活泼的小男孩，天真又娇憨，跟小孩子成天嬉戏在一起，闹哄哄的好似金盆水初沸一般。可是这个调皮的孩子也有懂事而乖巧的一面，每当有客人到家，他总是要抢着去迎接，当客人问他要什么时，他无论如何不肯说。等到客人们走了，这个调皮的孩子又模仿起他认为好玩的事情来：要么学客人急匆匆地进门、要么模仿大胡子张飞、要么就学邓艾口吃的神情……不仅如此，他还会模仿参军戏里参军和苍鹘的表演。等到玩累了，又学着大人在纱灯旁拜佛。

孩子天真灵巧，又有点小小的调皮与恶作剧，跟姐姐比赛，输了"六甲"，就硬是撒泼使性去弄翻姐姐的梳妆盒。姐姐要抱开他，他还死命地挣扎，甚至赖在地上不肯动。这种时候就算发脾气吓唬他也不管用。

读到这儿，使人忍不住要会心一笑，小孩子敢这样撒泼耍横，大抵跟父亲的宠溺分不开吧。孩童虽然天真，却能够趋利避害，能够分辨做什么会挨打。这样骄纵，肯定是平日里与父亲玩闹惯了的。这一场混乱，看在父亲眼里，反而如小小的情景喜剧一般，给人欢喜。

这调皮的孩子进了父亲书房之后，先是顺手拉过窗纱，吐口唾沫擦擦琴，一会儿老老实实看父亲临帖，一会儿又要求用古锦裁书衣，还要拿玉轴作书轴；一会儿又递过纸笔请父亲在"春胜"上写字。这些天真稚气的举动，既有孩童情趣，又表现出了对书籍、文字、音乐的爱好。如窗外的春色一般，充满天真与生机。

忽然想起小时候的情形来。叔叔的字写得极好，年年岁末总有人送了红纸来，请他写春联。当时他还是单身青年，每到这时候，便喜欢喊了我去帮忙。先把一张张红纸抻齐，然后叔叔来打格子、裁纸。刀子是照例不许我碰的，因怕割伤手。等到匀好墨，铺开纸，他站在桌子这边写，我到桌子的另一端等着。等他写好一个字，我便把纸拽过去一点，全部写好了，两个人便齐心协力把纸抬到地上。那时候小，等一会儿便不耐烦，一会儿戳戳墨汁，一会儿又指着不认识的字问怎么读，忽然又耍赖，非说他把字写歪了。叔叔总是笑笑不理我，转头还是静静写字，有时候也认真讲讲某个字读什么。见我实在不耐烦了，便丢几张白纸给我玩。老房子没有暖气，冬日的黄昏似乎显得格外静格外长，夕阳斜斜地照在窗棂上。

后来大了，我的毛笔字始终写得不好。叔叔每次见了都非常诧异：怎么这样糟，好歹也是从小见过的。

孩子小的时候，天真娇憨，是未经雕琢的璞玉，父亲看在眼里便忍不住要和自己的儿时做个对比，李商隐也是。写到这儿，忽然笔锋一转，感慨起自己的潦倒与失意来，同时又告诫儿子不要走自己的老路，读什么经书考科举。要读就要去读兵书，去学一点辅佐帝王的真本事。何况国家变幻未定，正是平乱立功，安定天下的好机会。整首诗不仅描摹孩子的娇憨活泼情态，同时也表现了诗人的忧国之情和对"读书求甲乙"的生活道路的怀疑，抒发了诗人的困顿失意。

虽然仍有失意与不平，但这差不多是李商隐生命中最后的一小段平静与美好了。人的生命总是有很多不平和风波来组成，此时的李商隐大约想不到，不久之后他的人生境况就要再次急转直下。

大中三年（公元849）十一月，李商隐随卢弘正奔赴徐州。

大中五年（公元851年），卢弘正病逝，李商隐不得不返回长安。就在他回去的路上，妻子王氏也撒手人寰。回到家里，物是人非，悲不自胜。可是为了生计，他不得不将一双儿女寄居在亲友家，自己在一个寒风萧萧的冬日，转投东川节度使柳仲郢之幕。这一次离家更远，送走了妻子，抛下了骄儿，而自己也离苍老不远了。

在遥远的幕府中，他无时不在想念着一双小儿女，想得最深的还是骄儿衮师。只是，自己的骄儿离开了宠溺他的父亲，还能算是骄儿么？

终于，有人从长安替他带来了孩子的音讯。"渐大啼应数，长贫学恐迟。"孩子渐渐长大，开始尝到父母不在身边的滋味，穷苦困顿的生活渐渐如黑色的阴翳笼到了他的头上。由于家贫，孩子虽然到了读书的年纪，可是始终也没有延师来教。《骄儿》中那个早慧而活泼的孩子，渐渐褪去了曾经的光彩与骄纵，变得有些痴痴的了，哪里还有半分天真的影子。

大概没有什么比这个消息更能刺伤父亲的心了吧？自己的一生这样悲苦也就罢了，可是眼光所及的范围之内，孩子将比自己更加困窘而难堪，又能说什么呢？人生行到此，只剩下萧萧华发对着茫茫无尽的长夜了。

溪·高楼

李商隐自江陵返回桂林之后，朝廷贬谪郑亚为循州刺史的制书亦到达。

接到诏书，郑亚黯然中继续南下，远去循州。而李商隐却不愿再随郑亚南下了，李商隐的心始终向着那个让他失落的长安。

幕主南贬，幕僚星散。李商隐收拾行卷，准备北归。恰在此时，令狐绹由考功郎中知制诰充翰林学士的音讯亦传来。

此归长安，李商隐的心中是不断蔓延不肯停歇的惆怅。

原来自己所追寻的理想，是这样的易碎。李商隐想起了魏晋时，那个喜欢驾着木车，载酒慢行，遇到途穷则痛哭一场的阮籍。

187

"不须并碍东西路，哭杀厨头阮步兵。"李商隐内心亦是想哭的。如阮籍一般，痛快淋漓地哭一场。你努力着，拼搏着，穿越荆棘穿越险阻，面对的却是穷途末路。

李商隐北返长安，终究还是要一步步走入穷途。

在北返途中，李商隐常常想起一年前与郑亚南下时的情形。一来一返，华年便这样消磨在这漫漫长路之中。一起被消磨的，还有藏于年华中的志向。

李商隐三月离桂，五月到达潭州。

在潭州，他在湖南观察使李回幕府逗留。五月初五，潭州有悼念屈原的习俗。李商隐站于江边，看着那竞发的龙舟，看着清澈的湘水，想起屈原。由屈原念及李德裕、郑亚、刘蕡。自古正直的人都是这样容易遭到贬斥么？

李商隐在潭州待至秋初，又起程北上，于冬初回到长安。

唐宣宗大中二年（公元 848 年）十月，36 岁的李商隐参加吏部调选，被任命为盩厔尉。李商隐前去谒见京兆尹，京兆尹留李商隐代参军事，负责表奏之事。

担任京兆掾曹期间，李商隐的生活是清贫的。但他能够与久别的妻子儿女团聚，亦是开心的。这许多年，漂泊天涯，一事无成，但不管如何，始终还有家，还有这心头最温柔的停靠。儿子衮师，业已 3 岁。每日在庭院中，与邻家小孩快乐地戏耍。繁忙公务之余，李商隐喜欢与王氏携手坐在院中树下，看着衮师戏玩。

看着衮师，他想起自己的幼年。

他一生所受悲苦，是不愿意衮师继续去受的。但世事难料，衮师怎样才能走好。

李商隐谆谆嘱咐衮师，长大了不要重蹈父亲的覆辙，不要习文，应去习武。一介书生，无补于世。而今西北，羌戎狂悖。待你学成后，便可为国分忧，功成名就之后，定当封为万户侯。死守着那一卷卷经书，又有何用？

李商隐此时的心境是萧条的。

他缓缓转身，看见窗前堆积如山的那一卷卷经书。他半世读书，满腹经纶，但又有何用，还不是困守长安，不能施展。再转身，他又看到身侧的王氏。自她嫁与他，他们聚少离多，而在这屡次离别的感伤之中，王氏身体已不如以前，面容削瘦了很多。

彼时，李商隐37岁，距离妻子王氏去世还有还有两年，距离他去世还有9年。李商隐担任京兆掾曹之时，尚有一事值得一提，那便是他与杜牧有了较密切的交往。

杜牧年长李商隐9岁。他们以诗相交，便成莫逆。杜牧时任司勋员外郎，史馆修撰。杜牧出身名门，自视甚高，但一直屈居下位，颇有怀才不遇之感。这或许是除了诗文之外，他们惺惺相惜的又一原因吧。

"刻意伤春复伤别，人间唯有杜司勋。"于高楼风雨之夜，李商隐读着杜牧的诗文，读出了忧愁风雨，读出了流年易逝，读出了沉沉的伤感。

关于此事，清代何焯在《义门读书记》中写道：高楼风雨，短翼差池，玉溪方自伤春伤别，乃弥有感于司勋之文也。

彼时，在长安，李商隐与同僚韦观文、房鲁、孙朴、韦峤、赵璜诸人多有唱和。他们是欣赏李商隐的，李商隐每写一篇骈文章奏，都被他们拿去观摩。

第十八节

羁泊欲穷年

风雨

凄凉宝剑篇，羁泊欲穷年。

黄叶仍风雨，青楼自管弦。

新知遭薄俗，旧好隔良缘。

心断新丰酒，销愁斗几千。

这首诗作于诗人晚年羁旅异乡期间，诗题写风雨，其实是象征性的，更多的是写人生的风雨。就着新知遭毁、旧好隔绝、穷年羁泊的凄凉与孤子，对着满天黄叶和风雨，李商隐唱的是一支慷慨不平的悲歌。

　　"凄凉宝剑篇，羁泊欲穷年。"唐初名将郭元振落魄江湖时曾经写过一首《宝剑篇》，借以大发感慨，一吐不平之气。后来武后读到，大加赞赏，终于使他得以大展雄心与抱负。古剑虽是埋在土中，可是终有得见天日之时。自己虽然也怀有一腔激愤，像郭元振那样有匡国济时之志，奈何所处的却不是初唐之世。举世无识者，宝剑连菜刀都不如。飘飘荡荡这么多年，如今垂垂老矣，又穷又困。杜甫说"飘飘何所似，天地一沙鸥"，李商隐此时的幽愤与凄凉和他倒是很近的。

　　"黄叶仍风雨，青楼自管弦。"这一句是写自身的感触，秋深岁暮，风雨满天，树叶早就泛黄飘零，可是这凄风冷雨还是止不住地落了下来。天凉了，即使不出门也要忍不住裹一裹寒衣，将来自己藏得更深些。这样冷寂的环境下，半世飘零的感慨与悲辛越发地涌上心头。寒士多苦寂，此时的青楼朱户却正是歌舞升平之时，座上推杯，美人劝酒，风雨映衬着他们，只怕更促弦繁管急。他们的生活是如此恣肆得意，人间的悲苦都是与他们不相干的，这一寂一喧形成了强烈对比，虽不写悲愤与孤郁，却是满纸不平之气。

　　这样的天气里，又是在异乡，如果朋友来谈谈天、说说话、甚至骂骂这世道也是好的吧。可是没有。新朋友被浅薄世人所诋毁，也像自己一样漂泊无依，愁苦不堪。至于旧相交那就更不堪了，隔着重重误会和纠结，早就已断了交往。旧交新知，都不可寻，他会想起当年的时光么？想到当时在令狐楚门下的时候，也曾与许多青春正盛的朋友慷慨辩论，把酒言欢？想到那年春日，庾郎年最少，青草妒春袍。那时的自己对人生怀着怎样的豪情与期待。还有令狐绹，李商隐一度是把他视作知己的，他在给令狐绹的信中还写到过："自昔非有故旧援拔，卒于於稠人中相望，见其表得所以类君子者，一日相从，百年见肺肝。"于茫茫人海中遇见了你，从此便引为知己，一生不改。可事实上呢？恩师死后，自己娶了王茂元的女儿，从此便被令狐绹等人忿恨，视为"背家恩"。自己这一生的漂泊与孤寂，有一大半是那人在背后推动所造就的吧？

漫天风雨里想这样的往事，后悔么？恐怕也不，自己做的所有事都是出自本心，即使因此而受尽万难也不改易，小时候随叔父读过的屈原诗还深深印在心里："亦余心之所善兮，虽九死其犹未悔。"

杜甫说"莫思身外无穷事，且尽生前有限杯"，这种时候还是斟一盏酒来喝吧。新丰美酒斗十千，拿来消愁倒是很相宜。如今我像西游长安的马周一样落魄，恐怕日后未必能再像马周一样受重用，只好学他喝一碗冷酒，浇一浇胸中郁闷。眼看天又将暮，这一壶酒喝到残冷，不知能消去多少愁与懑。

人到暮年的时候，往往格外敏感易惊，忍不住就要回顾自己这一路走过的错落与高低。再加上还是在这样一个暮秋的风雨天，脆弱与孤零又加倍了。陌生的城市，看不到希望的前路，身边没有人陪伴，心里也没有爱和暖意，茫茫四顾，个体的苍凉和无能为力被放到无限大。一个人的性格和才华决定他的选择和去向，可是更为苍茫的命运却是自己所不能掌控的。李商隐心怀世事，欲回天地，可在政治上却始终不曾如意。他才华横溢又有抱负，却始终不曾走上合适的位置，最后只好漂泊幕府，在社会和政治的最外围苦苦求生。

曾经春袍如草的岁月也会过去，当日那柔软的白袷衣，穿到如今，也染上了斑斑的酒迹与风尘。和所有以梦为马的诗人一样，李商隐也不得不与烈士和小丑走在同一道。到最后，他也疲倦了，岁月易逝，滴水不剩。对着漫天风雨，忍不住要啸一啸那郁结了一生的剑气。

这首诗写完没几年，李商隐就在孤寂中过世了。一个诗人，枕着卷册睡在长而冷的夜里。

溪·伤逝

唐宣宗大中二年（公元 848 年）十月至大中三年（公元 849 年）十月。整整一年，李商隐在长安度过。

唐宣宗大中三年（公元 849 年）十月，武宁军节度使卢弘正，聘请李商隐入幕任节度判官。李商隐拍去青袍上的灰尘，鼓起勇气，再次投入幕府生涯。

卢弘正与李商隐是相熟的。那是唐文宗大和八年（公元 834 年），时任会昌县令的卢弘正便与李商隐相识，卢弘正非常欣赏李商隐的诗才，认为他可以与屈原、宋玉比肩。

唐武宗会昌年间，卢弘正任御史中丞，李商隐恰值丧服期满重返秘书省，秘书省与御史台隔厅相对，卢弘正遇到难题，便穿越厅堂到秘书省向李商隐请教。

这便是李商隐在《偶成转韵七十二句赠四同舍》中所回忆的旧事：

> 忆昔公为会昌宰，我时入谒虚怀待。
>
> 众中赏我赋高唐，回看屈宋由年辈。
>
> 公事武皇为铁冠，历厅请我相所难。

我时憔悴在书阁，卧枕芸香春夜阑。

11 月。李商隐受白景受之邀为白居易撰写墓碑铭，结束之后，便随同卢弘正奔赴徐州。

离开之时，长安大雪。

王氏撑伞相送，她秀美的面容在这纷扬的雪中，有些酡红。这酡红是前日的病尚未好，顽强起身相送而致。李商隐紧紧握着王氏的手，不断叮嘱。他说，要照顾好自己，衮师顽皮，你也要多加调教。雪片回旋，沾湿即将远行的人的衣衫。

李商隐与王氏站在雪中，恋恋不舍地惜别。李商隐上马，待走出好远，他回身转望，发现王氏依旧站于雪中。那油纸伞微微轻旋，伞下是王氏清瘦的容颜。碎碎的雪花飘洒着，落到那女子柔弱的肩上，落到微荡的衣裙上。

李商隐回身，策马而去。

回马的那一刻，他心中离别的愁意蔓延，由心至肝，由肝至肺。黯然销魂者，唯别而已矣。李商隐很想再回望一眼，一眼也好。可他克制着，男儿不应这般优柔。

他的身影终于消逝在雪中。王氏轻旋纸伞，怅然转身。

遥遥地，他们背对背，越离越远。

李商隐并不知道，这一去，他与王氏便成永别。若知道这将是永别，他会离开长安么？他是想与她长相厮守的。但他却一再走出她的柔情，远方似乎藏着一份功业。他四处流离，去摘取这功业，可蓦然回首，他发现他已错过了世间最美的柔情。

李商隐在徐州幕，是过得颇为畅意的。

卢弘正待他极好，并委以重任。"春风二三月，柳密莺正啼。清河在门外，上与浮云齐。欹冠调玉琴，弹作松风哀。又弹明君怨，一去怨不回。"公事之暇，李商隐便与同僚相约出游，走马射雉，欹冠调琴。曾言自己"憔悴欲四十，无肉畏蚤虱"的李商隐，此刻却变成"年颜各少壮，发绿齿尚齐"。徐州幕府时期的李商隐是潇洒的，于重重坎坷之中，他似乎寻觅到一方可停泊的净土。

可这净土并未持续多久，唐宣宗大中五年（公元851年），卢弘正病逝。

李商隐不得不返回长安。而彼时，王氏已病入膏肓。

王氏生命的最后一刻，紧紧握住衮师的手，细细叮嘱。叮嘱之后，她便静静躺于床榻之上，遥遥地思念着那远在徐州的李商隐。

就在李商隐踏上归途，向长安进发之时，王氏已与世长辞。

她很遗憾，未能见到李商隐最后一面。闭眼之前，她会轻轻念一句"执子之手，与子偕老"吗？这愿望已无法实现，那么请君勿念，多自珍重吧。

若有来世，希望亦能再续这剪不断的前缘。

星夜中，快马前行的李商隐，心头掠过一丝哀伤，他抬头看天，夜幕中流星划过。他生命中最重要的一个人已随着这流星而去。

王氏无法见到李商隐，而李商隐亦无法再见到她的音容笑貌。

这一切，想来便让人觉得伤郁。相依相随13载，就这样不辞而别了吗？自此，阴阳相隔，再无相聚之日。

李商隐回到长安，王氏去世，留下弱儿幼女二人。

床帏低垂，簟席铺展，曾经躺在上面的女子已不见；木窗斑驳，铜镜幽暗，曾经临镜梳妆的女子已不见；锦瑟清泠，琴弦蒙尘，曾经素手弹拨俯仰低合的女子已不见。

李商隐从这间屋走到另一间屋，处处都有那个女子的痕迹。

这点点滴滴的痕迹若锈，渐渐锈住男子的心。终于，李商隐走累了，他看着庭院中那株王氏亲手栽植的蔷薇，缓缓坐到地上。

泥土沁凉，李商隐哀哀地想，她便被埋葬于这沁凉而寂寞的泥土之下。

那一刻，李商隐觉得心中仅存的那份明亮被一片一片地侵蚀，宛如天际明月，月蚀过后，留下的是无边的黑暗。

在繁密若星的蔷薇花下，李商隐肩膀耸动，他在抽泣。她已离去，携带着他生命中最明亮的色彩离去。于这灰暗中，他为何不哭？

长歌当哭。李商隐于这哭泣之后，却是要歌："相见时难别亦难，东风无力百花残。春蚕到死丝方尽，蜡炬成灰泪始干。"亦哭，亦歌；亦歌，亦哭。

李商隐要用生命中最后的 7 年时光，去思念这个女子。

直至死，那思念才会尽吧！直至成灰，那泪才会干吧！

王氏去世，李商隐的悲伤是如此绵长。他停留在这悲伤的凄雨中，固执地不肯离开。韩瞻与李商隐的内兄王十二见他如此悲伤，曾邀他前往王家小饮。但愁霖腹疾俱难遣，万里西风夜正长。李商隐心内是绵绵不休的西风秋雨，哪有心情赴宴。他写下《王十二兄与畏之员外相访见招小饮时予以悼亡日近不去因寄》一诗相寄，拒绝了韩瞻和王十二的好意。

半年之后，李商隐应东川节度使柳仲郢之幕，远赴东川。

行至陈仓西南的散关时，恰逢大雪。站在这苍茫无际的雪中，他忆起曾经无微不至关心过自己的亡妻王氏，悲从中来，写下了《悼伤后赴东蜀辟至散关遇雪》：

剑外从军远，无家与寄衣。

散关三尺雪，回梦旧鸳机。

自己远行剑外，孑然一身，行囊单薄。曾于这苍茫雪中，一再寄送寒衣的人，已经辞世，不复相见。伤倦过后，他朦胧入睡，雪梦之中，又见到那女子，她正坐在织机上为他赶制寒衣。寒夜梦回，那一刻的李商隐静静听着窸窸窣窣的雪落之声，心绪该是怎样的愁郁?

张采田说，王氏去世之后，李商隐写下了最为有名的几首《无题》。

原来，那些优美、晦涩的《无题》，是李商隐在难以名状的悲伤之中、被斑斓繁芜的意象埋葬之后、在心的坟茔之中开出的绝世之花。

那是一曲曲交织着思恋、自怜、哀伤、回忆的生命之歌。

唐宣宗大中五年（公元851年），39岁的李商隐被东川节度使柳仲郢拜为节度书记。他将儿女托付亲友，便离开令他黯然神伤的长安，远赴梓州。

其后5年，乏善可陈。

李商隐于种种悲伤之中，想抓住可以解救自己的稻草。其中一根便是刻意事佛。

李商隐学道玉阳，遍览道藏，入蜀以来，又对佛法产生兴趣。唐宣宗大中七年（公元853年）十一月，李商隐编定《樊南乙集》时，在序言中写道：

> 三年已来，丧失家道，平居忽忽不乐，始克意事佛，方愿
> 打钟扫地，为清凉山行者。

哀伤若茧，将李商隐团团围困。他试图破茧。破茧需利刃，而李商隐所能捕捉到的却是一把虚无的刃。他羡慕着那日日打钟扫地、抛却

万千烦恼的行者。

　　但李商隐那样的性情，是不适合学佛的。

　　闲来无事，曾经翻读过《金刚经》，其中有一段：须菩提问佛，一呼一吸之间是一念，一念之间便有八万四千烦恼。如何降伏这万千烦恼，使其安然于心，不波不澜？

　　佛看着须菩提，笑笑说，就是这样使其安然于心，使其不起不伏。

　　须菩提不明白。佛继续说，你看，须菩提，在你提问之时，在我解答之时，你是否已将万千烦恼抛却了呢？

　　于是，须菩提似有所悟。

　　是这样吗？谁都可以做到暂时安心的，但难的是长久护持。

　　一切有为法，如梦幻泡影，如露亦如电，应作如是观。

　　我认为《金刚经》中所说是安心之道，在于放下，在于抛却，不凝滞于物不凝滞于心绪。即便有万千功德，或有万千遗憾，也可以在微微一笑间，抛尽一切，若寒潭雁影，不存痕迹。

　　而这些，李商隐是做不到的。他入世之心太重太浓，即便万事蹉跎，他亦是不会悔改的。但这尘世中，他太悲苦，所以不得不抓住些什么，以求自救。

　　毛姆在《刀锋》中用《迪托·奥义书》中一句作为开头：

　　一把刀的锋刃很不容易越过，因此智者说得救之道是困难的。

　　此刻，李商隐便试图越过这样一道悲伤之刃。尽管自救之道是困难的，他还是想一试。

　　唐宣宗大中七年（公元853年），李商隐自出财俸，于梓州长平山的慧义精舍经藏院，特开辟石壁五间，刻下金字《妙法莲花经》七卷。

再后来，柳仲郢作四证堂于梓州慧义精舍之南禅院时，李商隐受柳仲郢之托，精心撰写了2400余字的《唐梓州慧义精舍南禅院四证堂碑铭并序》。

长平山的山道上，常常可看见面容消瘦的李商隐手持经卷，慢慢行走。

公事之暇，他常去惠祥上人处听佛经。白石莲花谁所共，六时长奉佛灯前。李商隐是想借着那佛经所倡导的虚无，来抵御那来自尘世的迷茫和悲伤。但那如割肌之痛般真切的种种悲伤、种种坎坷、种种无奈，真的能够消解在晨钟暮鼓之中吗？

这不过是渐渐沉溺的李商隐试图抓住的稻草，没有什么可以治愈李商隐那颗受伤的心，这尘世的悲伤本是无计可消除的。

在事佛的同时，李商隐亦流连于道教，曾精心撰写了《梓州道兴观碑铭》。事佛也好，流连于道教也罢。都是李商隐迷茫之际，试图解脱的方式。

关于李商隐刻意事佛一事，冯浩在《玉溪生诗集笺注》中说：盖义山在梓，好释、道之教，藉以遣怀也。

一语中的。李商隐事佛不过是遣怀而已。

他所承负与担当的太多，因而想卸下一些。尘世间，有太多不能忘却的人。而这情、这苦是越攒越多的，他终究会被压曲成虾，匍匐前行。

但，即便匍匐前行，他亦不肯轻易放弃。

想想，还是刘学锴说得准确，他在《李商隐传论》中写道：

李商隐在本质上是一个极重情，极执着的人，虽因妻子去世、自己多病及命运坎坷、理想幻灭而逃禅慕道，但只是一种无可奈何的逃避和自谴，实际上他根本不可能忘情于现实、政治、人生。他的重情与执著，使他无法超脱人生，超脱爱憎。

唐宣宗大中九年（公元855年）十一月，柳仲郢治梓5年，政绩卓著，被召入朝为吏部侍郎，李商隐随同还朝。这样亦好，东川五年，对李商隐而言，不过四字：蹉跎岁月。

北归的马蹄声中，李商隐似乎从自我营造的梦魇中醒来。彼时，他43岁，还是想着在垂暮之年有所作为的，但这终归还是幻象而已。

唐宣宗大中十年（公元856年）暮春，李商隐返回长安。而柳仲郢返京后，被改任兵部侍郎，兼御史大夫，充诸道盐铁转运使。经柳仲郢推荐，李商隐任盐铁推官。两年后，柳仲郢被罢，46岁的李商隐亦随之罢职。

李商隐已经麻木，宦海沉浮十载，他早已习惯了起起落落。罢官就罢官吧，此时，他身体已不是太好。隐隐地，他似乎看到了生命的尽头。李商隐在长安将公事移交完毕，决定返回郑州。路过洛阳，他小住了一段时日。

那恰是春末夏初，东都洛阳中花事正浓。西苑的牡丹，浅红深红浅紫深紫，游人若织。而李商隐是无兴致一观的，在洛阳，他写下《井泥四十韵》。

大钧运群有，难以一理推。李商隐借井泥筑为池堤，反复思索着历史，思索着命运。在思索中，他渐渐迷茫，迷茫中又渐渐豁达。尘世万物，怎可用世智来揣度，皆是无端无由，难以把握。既然如此，那么便不再去妄自揣测。

回到郑州，李商隐深居简出，闲时只是偶尔踯躅故居庭前。

庭院中，荒草蔓蔓。李商隐凄凄独行。生平所经、所阅一一在心中回味。

201

回味中，他渐渐变得透彻，透彻中似乎又有些惘然。于这惘然中，他写下《锦瑟》：

　　　　锦瑟无端五十弦，一弦一柱思华年。

　　　　庄生晓梦迷蝴蝶，望帝春心托杜鹃。

　　　　沧海月明珠有泪，蓝田日暖玉生烟。

　　　　此情可待成追忆，只是当时已惘然。

　　庄周梦蝶、望帝春心、沧海月明、蓝田日暖。那纷迭的意象如雪一般在李商隐心头盘桓。人生若梦，虽曾呕心沥血地去追逐，但最终还是归于虚空，仅在心头留下淡淡的惘然。

　　写完《锦瑟》不久，唐宣宗大中十二年（公元 858 年），李商隐病逝于郑州，时年 46 岁。

　　他死后，好友崔珏在《哭李商隐》中写道：虚负凌云万丈才，一生襟抱未曾开。就这样，李商隐的一生被如此简单地概括了。

后记：指穷于为薪，火传也

在这样寂寥而沉闷的夜中，写完了这本书。

其实，一千多年前的这个男子，他的诗，他的一生，是不能被这样简单的一本书所容纳的。但我们却偏偏喜欢用一篇篇文，一册册书去归纳那些古人。

于是，那些鲜活的生命被压入洁白纸张之中，裁剪、装订成书。

李商隐。这三个字读来有一种兜转的味道，很容易在舌底回转一下，稍稍拉长。对于他，我最初的印象是《乐游原》中那个见夕阳而叹息的男子。

那是读小学三年级时，同桌不知从哪里寻觅来一本《幼读古诗一百首》，我借来翻看后，便不忍放下，于是在威逼利诱下用几块地瓜换来。

书中，现在看来都是些极简单的古诗，但当时于我却是亮丽的，似乎洞开了一重世界。

那本书，一首诗之后是附着一幅图画的。李商隐的那首《乐游原》便在其中。"向晚意不适，驱车登古原。夕阳无限好，只是近黄昏。"那个男子背身而立，他的头是微微昂着的，向着日落的方向，膝下是无边的荒草。翻到这里，我开始记住了这个寂寞的身影。

待年岁稍长，读到的是：春蚕到死丝方尽，蜡炬成灰泪始干。再后来，又读到：历览前贤国与家，成由勤俭破由奢。

那个曾寂寞地站在荒芜的夕阳之下的男子，渐渐变得丰盈起来。他的眉眼、他的衣衫、他的欢笑在我心目中渐渐变得清晰。吟读着这些诗句之时，我仿佛看见，他透过书页掀开一角阳光，慢慢向我走来。

我们就那样站在疏淡的阳光下，隔着千年时光，默默相视。

写这本李商隐，并非偶然。而是这一握手之后，抒发那寄存于心中的美丽幻想。这薄薄的书页是束缚不住他的，但我们毕竟是在用心地，细细地描摹着他。

这描摹，错也好，对也罢。其实，这只不过是一次证明，证明着千年前的他用那些诗句丰润了我们。然后，我们用这丰润构筑起了这本书。

而这证明，亦如2300前的那位哲人所说：指穷于为薪，火传也，不知其尽也。

附录一：李商隐生平年谱

李商隐（813-858），字义山，号玉溪生、樊南生，怀州河内（今河南沁阳县）人。晚唐著名诗人。有《李义山诗集》

◎ 生于唐宪宗元和八年（公元 813 年）。

◎ 元和九年（公元 814 年），2 岁。父亲辞掉获嘉县令后，随父亲居浙西数年。

◎ 唐穆宗长庆元年（公元 821 年），9 岁。父亲去世。随母亲回到郑州。此后数年与堂弟李义叟随叔父读书。

◎ 长庆三年（公元 823 年），11 岁。3 年父丧后，移居洛阳。

◎ 唐文宗大和二年（公元 828 年），16 岁。因作《才论》、《圣论》，声名鹊起。此年，刘贲抨击宦官专政。

◎ 大和三年（公元 829 年），17 岁。受聘天平军节度使令狐楚幕下做巡官，并与令狐子弟同游，此年作品有《随师东》。

◎ 大和六年（公元 832 年），20 岁。随令狐楚到太原。

◎ 大和七年（公元 833 年），21 岁。进京应考，未中。

◎ 大和八年（公元 834 年），22 岁。春，随兖海观察使崔戎自华州到兖州，主管文书。六月崔戎去世，回郑州老家。此年作品有《牡丹》、《初食笋呈座中》。

◎ 大和九年（公元 835 年），23 岁。春，再次应试，未中。河南玉阳山学道。十一月，宦官率兵杀死宰相李训、王涯等人，史称"甘露之变"。此年作品有《碧城三首》等。

◎ 开成元年（公元 836 年），24 岁。随母亲居济源县，继续在玉阳山学道。此年作品有《有感二首》、《重有感》、《曲江》、《燕台》等。

◎ 开成二年（公元 837 年），25 岁。春，再次应考，经令狐绹引荐，终于考中进士。十一月，兴元节度使令狐楚去世，代令狐楚写遗嘱，并将其灵柩送回长安。此年作品有《西南行却寄相送者》、《行次西郊作一百韵》等。

◎ 开成三年（公元 838 年），26 岁。任职泾原节度使王茂元幕下，娶其女王氏为妻。参加博学鸿词科考试，落选。此年作品有《安定城楼》、《漫成三首》等。

◎ 开成四年（公元 839 年），27 岁。任弘农尉，此年作品有《任弘农尉献州刺史乞假归京》等。

◎ 开成五年（公元 840 年），28 岁。搬到长安，辞弘农尉之职。正月，唐武宗即位，拜李德裕为宰相。

◎ 唐武宗会昌元年（公元 841 年），29 岁。华州周墀幕下。此年作品有《赠刘司户贲》、《七月二十九日崇让宅燕作》等。

◎ 唐武宗会昌二年（公元 842 年），30 岁。至忠武节度使王茂元处主管

书记。这一年其母亲病逝。诗作有《即日》、《淮阳路》、《哭刘蕡》、《哭
刘司户二首》、《哭刘司户蕡》等。

◎ 唐武宗会昌三年（公元 843 年），31 岁。为母丁忧。

◎ 唐武宗会昌四年（公元 844 年），32 岁。回乡迁葬。此年作品有《行
次昭应县道上，送户部李郎中充昭义攻讨》等。

◎ 唐武宗会昌五年（公元 845 年），33 岁。春，到堂叔李褎幕下任职，
迁居洛阳。十月到京师秘书省任职。此年作品有《落花》、《寄令狐郎中》、
《汉宫词》等。

◎ 唐武宗会昌六年（公元 846 年），34 岁。儿子衮师出生。这年三月，
武宗驾崩，宣宗即位，贬逐李德裕党人。此年作品有《无题》、《昨夜
星辰》、《茂陵》、《瑶池》、《柳枝五首》等。

◎ 唐宣宗大中元年（公元 847 年），35 岁。桂管观察使郑亚幕下主管文书。
这年朝廷大贬李党。此年作品有《荆门西下》、《晚晴》、《海上谣》等。

◎ 大中二年（公元 848 年），36 岁。正月，自南郡回到桂州。二月，郑
亚被贬。离开桂州到潭州，逗留在湖南观察使李回幕中。秋天回到洛阳。
九月，李德裕被贬为崖州司户。此年作品有《北楼》、《即日》、《贾生》、
《潭州》、《楚宫》、《天涯》、《乱石》、《旧将军》、《梦泽》等。

◎ 大中三年（公元 849 年），37 岁。京兆尹幕下管文书。十月，武宁军
节度使卢弘正幕下做判官。十二月，经大梁去徐州。此年作品有《骄
儿诗》、《杜司勋》、《赠司勋十三员外》、《李卫公》、《九日》、《野菊》、《白
云夫旧居》、《漫成五章》等。

◎ 大中四年（公元 850 年），38 岁。卢弘正幕下任职。正月，李德裕去世。
十一月，令狐绹做宰相。此年作品有《浑河中》等。

◎ 大中五年（公元 851 年），39 岁。夏末，妻子王氏去逝。七月，东川

节度使柳仲郢幕下做书记。此年作品有《房中曲》、《北禽》、《武侯庙古柏》等。

◎ 大中六年（公元 852 年），40 岁。梓州柳仲郢幕下做书记。此年作品有《杜工部蜀中离席》等。

◎ 大中七年（公元 853 年），41 岁。梓州，十一月，编定《樊南生集》，此年作品有《初起》、《夜饮》、《二月二日》等。

◎ 大中八年（公元 854 年），42 岁。梓州，此年作品有《夜雨寄北》等。

◎ 大中九年（公元 855 年），43 岁。梓州，十一月，随柳仲郢回到长安。此年作品有《无题》、《万里风波》等。

◎ 大中十年（公元 856 年），44 岁。长安，经柳仲郢推荐，任盐铁推官。此年作品有《筹笔驿》、《重过圣女祠》等。

◎ 大中十一年（公元 857 年），45 岁。此年作品有《正月崇让宅》、《风雨》、《隋宫》、《咏史》、《北湖南埭》等。

◎ 大中十二年（公元 858 年），46 岁。辞去盐铁推官，回到郑州，不久病逝。此年作品有《井泥》、《幽居冬暮》、《锦瑟》等。

附录二：李商隐诗词选

菊

暗暗淡淡紫，融融冶冶黄。

陶令篱边色，罗含宅里香。

几时禁重露，实是怯残阳。

愿泛金鹦鹉，升君白玉堂。

月

池上与桥边，难忘复可怜。

帘开最明夜，簟卷已凉天。

流处水花急，吐时云叶鲜。

姮娥无粉黛，只是逞婵娟。

蝶

飞来绣户阴，穿过画楼深。

重傅秦台粉，轻涂汉殿金。

相兼惟柳絮，所得是花心。

可要凌孤客，邀为子夜吟。

晚晴

深居府夹城，春去夏犹清。

天意怜幽草，人间重晚晴。

并添高阁迥，微注小窗明。

越鸟巢干后，归飞体更轻。

风雨

凄凉宝剑篇，羁泊欲穷年。

黄叶仍风雨，青楼自管弦。

新知遭薄俗，旧好隔良缘。

心断新丰酒，销愁斗几千。

少年

外戚平羌第一功，生年二十有重封。

直登宣室螭头上，横过甘泉豹尾中。

别馆觉来云雨梦，后门归去蕙兰丛。

灞陵夜猎随田窦，不识寒郊自转蓬。

无题

八岁偷照镜，长眉已能画。

十岁去踏青，芙蓉作裙衩。

十二学弹筝，银甲不曾卸。

十四藏六亲，悬知犹未嫁。

十五泣春风，背面秋千下。

无题

相见时难别亦难，东风无力百花残。

春蚕到死丝方尽，蜡炬成灰泪始干。

晓镜但愁云鬓改，夜吟应觉月光寒。

蓬山此去无多路，青鸟殷勤为探看。

无题

昨夜星辰昨夜风，画楼西畔桂堂东。

身无彩凤双飞翼，心有灵犀一点通。

隔座送钩春酒暖，分曹射覆蜡灯红。

嗟余听鼓应官去，走马兰台类转蓬。

无题

飒飒东风细雨来，芙蓉塘外有轻雷。

金蟾啮锁烧香入，玉虎牵丝汲井回。

贾氏窥帘韩掾少，宓妃留枕魏王才。

春心莫共花争发，一寸相思一寸灰。

陈后宫

玄武开新苑，龙舟宴幸频。

渚莲参法驾，沙鸟犯句陈。

寿献金茎露，歌翻玉树尘。

夜来江令醉，别诏宿临春。

北青萝

残阳西入崦，茅屋访孤僧。

落叶人何在，寒云路几层。

独敲初夜磬，闲倚一枝藤。

世界微尘里，吾宁爱与憎。

杜司勋

高楼风雨感斯文，短翼差池不及群。

刻意伤春复伤别，人间惟有杜司勋。

此情可待成追忆

汉宫词

青雀西飞竟未回，君王长在集灵台。

侍臣最有相如渴，不赐金茎露一杯。

登乐游原

向晚意不适，驱车登古原。

夕阳无限好，只是近黄昏。

僧院牡丹

薄叶风才倚，枝轻雾不胜。

开先如避客，色浅为依僧。

粉壁正荡水，缃帏初卷灯。

倾城惟待笑，要裂几多缯。

杨本胜说于长安见小男阿衮

闻君来日下，见我最娇儿。

渐大啼应数，长贫学恐迟。

寄人龙种瘦，失母凤雏痴。

语罢休边角，青灯两鬓丝。

213

杜工部蜀中离席

人生何处不离群，世路干戈惜暂分。

雪岭未归天外使，松州犹驻殿前军。

座中醉客延醒客，江上晴云杂雨云。

美酒成都堪送老，当垆仍是卓文君。

访隐者不遇成二绝

秋水悠悠浸墅扉，梦中来数觉来稀。

玄蝉去尽叶黄落，一树冬青人未归。

城郭休过识者稀，哀猿啼处有柴扉。

沧江白日樵渔路，日暮归来雨满衣。

韩同年新居饯韩西迎家室戏赠

籍籍征西万户侯，新缘贵婿起朱楼。

一名我漫居先甲，千骑君翻在上头。

云路招邀回彩凤，天河迢递笑牵牛。

南朝禁脔无人近，瘦尽琼枝咏四愁。

同崔八诣药山访融禅师

共受征南不次恩，报恩惟是有忘言。

岩花涧草西林路，未见高僧只见猿。